SHIRAYUKI aux cheveux rouges

1

あきづき空太

Sorata AKIDUKI

Sommaire

Shirayuki aux cheveux rouges

Shirayuki aux cheveux rouges

* SHIRAYUKI : "BLANCHE" (SHIRA) "NEIGE" (YUKI).

SHIRAYUKI
aux cheveux rouges
Chapitre 1

C'EST UN PEU LOURD COMME BLAGUE !
VOYONS... UNE FILLE DE LA VILLE COMME MOI, DEVENIR LA CONCUBINE DU PRINCE SIMPLEMENT EN RAISON DE LA COULEUR DE MES CHEVEUX ?
JE FERAIS HONTE AU PRINCE !
VOUS PLAISEZ AU PRINCE, ALORS LE RESTE IMPORTE PEU.
EN TOUT CAS, VOUS SEREZ ACCUEILLIE OFFICIELLEMENT AU CHÂTEAU DANS TROIS JOURS, ALORS SOIGNEZ VOTRE TENUE.
EH BIEN, JE VOUS LAISSE POUR AUJOURD'HUI, SHIRAYUKI.
'Le reste importe peu' ?
JE NE PEUX PAS M'OPPOSER À SA VOLONTE, N'EST-CE PAS ?
MÊME SI SA BÊTISE EST DE NOTORIÉTÉ PUBLIQUE, IL EST TOUT DE MÊME PRINCE...
GATANG
... ET JE NE PEUX RIEN Y CHANGER.
LA ROUTE QUE JE SUIS...
TCHIK
... ET, EN UN MOT, MON HISTOIRE...

QUITTONS CE PAYS.
... PAS QUESTION QUE CE SOIT QUELQU'UN D'AUTRE QUI LES TRACE POUR MOI.
FLAP
AH... IL FAIT SOMBRE.
EN FAIT, J'AURAIS PEUT-ÊTRE DÛ ME REPOSER AVANT D'ENTRER DANS LA FORÊT.
FRAFF
CRUM CRUM
!
IL N'Y A PAS DE LUMIÈRE...
EXCUSEZ-MOI ! Y A-T-IL QUELQU'UN ?
TOK TOK
LA MAISON EST VIDE ?
Je ne peux tout de même pas entrer...
JE CROIS QUE JE N'IRAI PAS PLUS LOIN AUJOURD'HUI...
Rhh

Présentations

Ravie de faire votre connaissance ! Je suis Sorata Akiduki.

Comme vous avez acheté ce volume de Shirayuki aux cheveux rouges, je me présente.

C'est mon premier livre. Merci de l'avoir pris dans vos mains !

Sorata Akiduki (nom de plume)

A grandi dans le département d'Aichi en lisant des mangas.

Née en mars, groupe sanguin AB.

S'est fait une règle de ne pas allumer le climatiseur quand elle regarde un match de base-ball de lycéens à la télévision.

Déroge parfois à cette règle.

Parfois.

ばっ
BAM
...!
GWOOH
ぐおお
AAH ! ÇA VA, ZEN ? TU T'ES TORDU LE POIGNET ? TU N'AS PAS HEURTÉ TA TÊTE, N'EST-CE PAS ?
1 + 1 ?
2 !
TIENS... QUI ES-TU, TOI ?
MAIS JE SUIS MITSUHIDE !!!
AH ! C'EST DONC ÇA, TON NOM ?
TU T'Y METS AUSSI, KIKI ? TU ME BLESSES, TU SAIS !
ALORS...
GLOUPS
... QUI ES-TU, TOI, VRAIMENT ?
QUE FAIS-TU DONC AU BEAU MILIEU DE CETTE FORÊT ?
EUH... JE... JE ME SUIS ENFUIE DE CHEZ MOI.
JE VOULAIS SEULEMENT PRENDRE UN CHEMIN PEU FRÉQUENTÉ...
チャ
TCHAK
!
DZIMM

!!
わ waouh
AH !
QUELLE CHEVELURE SPÉCIALE !
OUI, ON ME LE DIT SOUVENT !
ZUT...
MAIS... QUOI QU'IL EN SOIT... NE T'ES-TU PAS FAIT MAL À LA MAIN DROITE EN TOMBANT À L'INSTANT ?
Haa はー
ET ALORS ?
FRAFF
J'EXERCE LE MÉTIER DE PHARMACIENNE... J'AI DES COMPRESSES ET DES REMÈDES... SI TU VEUX...
...je t'en donne !
DES REMÈDES ?
HUUM...
PAS BE- SOIN !

WHIMM
CROIS-TU QUE JE VAIS ME SERVIR D'UN REMÈDE QUI M'EST PROPOSÉ BRUSQUEMENT, ALORS QUE C'EST PEUT-ÊTRE DU POISON ?
JE NE SUIS PAS UN NAIN DE LA FORÊT !
JE NE PEUX PAS FAIRE CONFIANCE AUX AUTRES AUSSI FACILEMENT QUE ÇA !
BREF, JE N'EN AI PAS BESOIN.
SI TU AS COMPRIS, VA-T'EN.
C'est près...
ENFIN...
...
IL A RAISON, MAIS...
TCHAK
Oh ?
QUOI, TU VEUX TE BATTRE ?
TAK
BEAUCOUP DE GENS ME DONNENT DES ORDRES !
ILS ME CASSENT LES OREILLES...!
!?
...!
DJING

TAP TAP
ぺた ぺた
...
ぺし !
FLAP
DE-SOLÉE...
... MAIS JE N'AI PAS POUR HABITUDE DE ME PROMENER AVEC DU POISON !
PLOP
ポロ..
HA ! HA ! HA ! HA ! HA ! HA ! HA !
ELLE T'A BIEN EU, ZEN !
Euh ?
uh...
uuh...

HAA...
EH BIEN, TANT MIEUX !
SSSS
すっ
JE TE CONFIE MA BLESSURE !
CELA ÉTANT DIT, SI J'AI LOUPÉ MON ENTRÉE, C'EST À MOITIÉ TA FAUTE.
TU VEUX BIEN ASSUMER TA RESPONSABILITÉ ET T'OCCUPER DE MOI JUSQU'À CE QUE LA DOULEUR DISPARAISSE, N'EST-CE PAS ?
TCHAK
ガし
CETTE MAISON EST L'ENDROIT OÙ NOUS VENONS NOUS AMUSER ; ELLE EST VIDE.
TU PEUX Y RESTER PLUSIEURS JOURS, ÇA NE POSE PAS LE MOINDRE PROBLÈME.
PAS VRAI, KIKI ET MITSUHIDE ?
C'EST VRAI, MAIS... C'EST TOI QUI L'AS DÉCIDÉ SANS VRAIMENT NOUS DEMANDER NOTRE AVIS...
TU VOIS !!
Inutile d'essayer de l'en empêcher !

Ma responsabilité...?
EN TOUT CAS, SI NOUS ENTRIONS ?
APRÈS LE PALAIS ROYAL...
... LA FORÊT...
DONC...!
MÊME SI TU CONNAISSAIS LA RAISON POUR LAQUELLE JE ME SUIS ENFUIE DE CHEZ MOI, CETTE HISTOIRE T'ENNUIERAIT, ZEN !
DONC...!
MOI, JE TE DIS QUE CE QUI M'ENNUIE, C'EST QUE TU NE M'EXPLIQUES PAS CETTE RAISON, SHIRAYUKI !
NE SOIS PAS SI DURE...
REGARDE, NOUS SOMMES DES CAMARADES, PUISQUE NOUS NOUS FAISONS NOS BANDAGES L'UN À L'AUTRE !
Ha ! Ha ! Ha ! Ha ! Ils sont bien assortis !
...
ALLEZ, RIS, QUOI !

KIKI, MITSUHIDE !
JE VAIS FAIRE UNE PETITE PROMENADE.
D'accord !
ELLE N'EST SYMPA QU'AVEC CES DEUX-LÀ...
DIS, POURQUOI ME SUIS-TU, ZEN ?
JE FAILLIRAIS À MON HONNEUR DE GENTLEMAN EN LAISSANT PARTIR UNE JEUNE FILLE BLESSÉE, SEULE DANS LA FORÊT.
MÊME SI TU N'ES PAS GENTILLE AVEC MOI !
FLAP
HAA
COMME J'ÉTUDIE LES PLANTES MÉDICINALES, J'AI L'HABITUDE DE LA MONTAGNE ET DE LA FORÊT. JE NE RISQUE RIEN.
KYUK
HUUM...
ICI, LE TEMPS ET L'AIR SUIVENT UN FLUX PARTICULIER, PAS COMME EN VILLE.
ET PUIS, C'EST CONFORTABLE ICI.
AAH...
ÇA, JE LE COMPRENDS.

TU PENSES VRAIMENT CE QUE TU VIENS DE DIRE, N'EST-CE PAS ?
!
FRAFF
AÏE !?
AAH !
TES CHEVEUX SE SONT ACCROCHÉS À L'ARBRE...!? DIS DONC... SAIS-TU QUE TU AS UNE MÈCHE PLUS LONGUE QUE LES AUTRES ?
AH ?
Aïe Aïe Aïe !
AH... J'AI DÛ OUBLIER DE LA COUPER AU MOMENT OÙ JE SUIS PARTIE DE CHEZ MOI... C'EST SÛREMENT ÇA...
EXCUSE-MOI... TU NE POURRAIS PAS ME LA COUPER ?
Je n'arrive pas à la dégager...
EUH ?
NYARK
...!

NON, NON, NON ! JAMAIS JE NE COUPERAI LES CHEVEUX D'UNE FEMME !
LE FAIT QUE TU TE SOIS COUPÉ LES CHEVEUX A-T-IL UN RAPPORT AVEC TA FUITE DE CHEZ TOI ?
SI TU M'EXPLIQUES TOUT, JE POURRAI T'AIDER, MAIS...
TU ES VRAIMENT...!
COMME MES CHEVEUX ROUGES L'INTRIGUENT...
... IL VEUT M'AVOIR À SES CÔTÉS, À SA DISPOSITION.
sans voix
UN RICHE HÉRITIER T'A ORDONNÉ DE DEVENIR SA CONCUBINE !!?
IL EST CONNU POUR AVOIR FAIT SON ÉDUCATION DANS LES QUARTIERS DE PLAISIR TOUT EN DÉPENSANT DES FORTUNES !
Il a coupé la mèche.
SI JE L'AVAIS LAISSÉ FAIRE...
... J'AURAIS ÉTÉ COMME UNE POMME QU'ON ACHÈTE CHEZ LE MARCHAND DE FRUITS...
ALORS...

... JE ME SUIS DIT QU'IL SE LASSERAIT EN VOYANT UNE PARTIE DE MA CHEVELURE...
... C'EST POURQUOI J'AI LAISSÉ CHEZ MOI UNE TOUFFE DE CHEVEUX.
PFF !!
EXCEL-LENT !!
HA ! HA ! HA ! HA ! HA ! HA ! HA ! HA ! HA !
HA ! HA ! HA ! IL N'Y A POURTANT PAS DE QUOI RIRE...
SI, SI...
TU AS PRIS UNE BONNE DÉCISION !
?
TU AS BIEN COUPÉ LES PONTS AVEC CE GROSSIER PERSONNAGE !
ON DIT...
... QUE LE ROUGE EST LA COULEUR DU DESTIN, N'EST-CE PAS ?

MÊME SI ÇA T'EMPOISONNE LA VIE EN CE MOMENT...
... CELA AURA PEUT-ÊTRE UN JOUR DES EFFETS POSITIFS SUR TOI, QUI SAIT ?
TA...
... TA FAÇON DE PENSER EST INCROYABLE...!
TIENS ? ON A DU RESPECT POUR MOI, MAINTENANT ?
FRAFF
EN FAIT, SHIRAYUKI NE SEMBLE PAS ÊTRE QUELQU'UN DE MAUVAIS, N'EST-CE PAS, KIKI ?
BIEN AU CONTRAIRE, ELLE SEMBLE PLAIRE BEAUCOUP À ZEN.
CE SERAIT SANS DOUTE UNE CATASTROPHE POUR SHIRAYUKI SI ELLE SE FAISAIT ATTRAPER.

JE VOUS APPORTE UN CADEAU DE TANBA-RUN !
TANBA-RUN...?
Voilà ! c'est lourd !
COMMENT ? UN CADEAU DU PAYS VOISIN, QU'ON NOUS APPORTE ICI ?
VLAM
QUOI !?
BAM
ばっ
SHIRA-YUKI ?
...!
C'EST LE MÊME RUBAN QUE CELUI QUI ATTACHAIT LES CHEVEUX QUE J'AI LAISSÉS CHEZ MOI...
QUOI ?
?

PUIS-JE REGARDER... CE QU'IL Y A DANS LE PANIER ?
OUPS
HM ?
OUI...
BREF...
... COMME TU AVAIS QUITTÉ TA MAISON POUR UNE LONGUE PROMENADE, L'EXPÉDITEUR, QUI S'INQUIÉTAIT POUR TOI...
... ANNONCE QU'IL VIENDRA TE CHERCHER DANS LA VILLE QUI SE TROUVE JUSTE AVANT LA FRONTIÈRE DE TANBARUN...
CE MONSIEUR SEMBLE PARTICULIÈREMENT TENACE, NON ?
Ha Ha Ha
TU PEUX LE DIRE !
DES POMMES...
POURQUOI RIS-TU ?
ÉTAIT-CE SI GRAVE QUE TU DOIVES T'ENFUIR AU-DELÀ DE LA FRONTIÈRE ?

...
VU LA PERSONNE À QUI J'AVAIS AFFAIRE...
...
C'EST...
... LE PREMIER PRINCE...
... DE TANBARUN.
CE PRINCE STUPIDE QUI S'APPELLE RAJI OU QUELQUE CHOSE COMME ÇA !?
!
EH BIEN... ON LE CONNAÎT MÊME DANS LE PAYS VOISIN...
C'EST QUELQU'UN D'IMPOR-TANT, HEIN...?
PEUT-ÊTRE A-T-IL PU FAIRE DES RECHERCHES SUR MON COMPTE PARCE QUE MON PASSAGE DE LA FRONTIÈRE AVAIT ÉTÉ CONSIGNÉ.

JE SUPPOSE QU'IL CONSIDÈRE COMME SIEN...
... TOUT CE QU'IL DÉSIRE.
C'est bien son genre.
...
IL NE PENSE TOUT DE MÊME PAS ME METTRE DANS UN PANIER...
EUH...

JE PLAISANTE !
TAK
ガタ
SSS
コ
ZEN ?

CROC
KH-EUHH
TU ES MAL ÉLEVÉ ! CE N'EST PAS BIEN, ZEN !
Tu dois prendre la pomme toi-même.
GLOUPS
!!!
ZEN...
QU...
QU'EST-CE QUE VOUS REGARDEZ ?
JE NE VOUS AI PAS APPELÉS ! CASSEZ-VOUS !
WAAH ! TU ME BLESSES, LÀ !
...
WAAH !
...
ZEN...
TAK
QUOI !?

...
J'AI ÉTÉ DÉSAGRÉA-BLE.
PARDON.
...!?
FWAM
FWAM
ZEN ?
KIKI, MITSU-HIDE, DÉSO-LÉ...
...
SHIRA-YUKI...
NE MANGE PAS CES POMMES...
NE VOUS FÂCHEZ PAS...
EUH ?
DOMM
ZEN !!

ZEN, QU'EST-CE QU'IL Y A ?
HE !!
ZEN !!
"NE MANGE PAS CES POMMES..."
EUH...?
KRII...
QUI EST LÀ ?
!
JE SUIS UN ENVOYÉ.
OH LÀ...
CE N'EST PAS SHIRAYUKI QUI A MANGÉ UNE POMME ?

Huum
BAH, PEU IMPORTE...
VOUS...
... ÊTES VENU CHEZ MOI L'AUTRE JOUR...
QU'EST-CE QUE CELA SIGNIFIE ?
MADE-MOISELLE SHIRA-YUKI...
... CES POMMES SONT EMPOISON-NÉES.
NE VOUS INQUIÉTEZ PAS.
QUELQU'UN POSSÈDE L'ANTIDOTE DE CE POISON.
VOUS ACCEPTEREZ BIEN...
... DE M'ACCOMPAGNER, N'EST-CE PAS ?

PRINCE RAJI, JE VOUS AMÈNE LA JEUNE FILLE.
LA VOILÀ DONC !? BIEN ! LAISSE-NOUS.
くるっ TOURNE
OH ! C'EST DONC TOI !
IL Y A DE QUOI ÉCARQUILLER LES YEUX, EN EFFET...
TA CHEVELURE ROUGE EST NATURELLE, N'EST-CE PAS ?!
バタン SLAM
VIENS ICI, SHIRAYUKI.
NE POURRAIS-JE PAS OBTENIR L'ANTIDOTE POUR MON AMI, PRINCE RAJI ?
PLUS TARD ! JE SUIS ICI INCOGNITO ET JE N'AI PAS BEAUCOUP DE TEMPS.
QUOI ...!?
カタン TAK
C'EST VRAIMENT TERRIBLE, MAIS...
... JE SUIS LA RISÉE DE TOUTE LA VILLE ET DE TOUT LE PALAIS DEPUIS QUE TU T'ES ENFUIE APRÈS QUE JE T'AI FAIT LA COUR !
フウ… PFF
VRAIMENT... À CAUSE DE CETTE HISTOIRE, MA RÉPUTATION RISQUE DE CHUTER TRÈS BAS !

ELLE N'EST PAS ASSEZ HAUTE POUR CHUTER !
ET ALORS...?
SI JE TE TRAITE COMME UNE CRIMINELLE, CELA REVIENDRA À RECONNAÎTRE QUE LA RUMEUR A RAISON.
ALORS, POUR RÉTABLIR MON HONNEUR...
... TU VAS ME DIRE QUE TU VEUX DEVENIR MA CONCUBINE.
BIEN QUE TU NE SOIS QU'UNE FILLE DE LA VILLE, JE NE VEUX PAS QUE TU SUBISSES UNE HUMILIATION.
ALORS, MÊME SI J'AI ÉTÉ BLESSÉ DANS MON AMOUR-PROPRE, J'ACCEPTERAI TA DEMANDE, ET TOUT SERA RÉGLÉ.
AI-JE DES HALLUCINATIONS AUDITIVES !?
NE PLAISANTEZ PAS...
AAH !
MÊME SI C'EST UN HASARD...
... HEUREUSEMENT QUE J'AI TOUT CE QU'IL FAUT POUR T'EMPÊCHER DE DIRE NON !

SI TU APPORTAIS...
... UNE POMME À TON AMI MALADE ?
ZAM
POUR MA PART...
... MAINTENANT QUE JE SAIS COMBIEN TU RÉJOUIS MON REGARD...
... JE SERAIS NAVRÉ DE TE LAISSER PARTIR LOIN.
ROLL
"ON DIT QUE LE ROUGE EST LA COULEUR DU DESTIN..."

"CELA AURA PEUT-ÊTRE UN JOUR DES EFFETS POSITIFS SUR TOI, QUI SAIT ?
MOI...
C'EST CE GARÇON QUI M'A DIT DES CHOSES PAREIL-LES...
... QUE JE...
ZAM
!?
QU'EST-CE QUE...?
AH ! EXCUSEZ-MOI...
... PRINCE RAJI !
JE VOUS EN PRIE...
... ACCEPTEZ-MOI...

PAS QUESTION !!!
DOKAANG
ドカッ
!?
Hii
ひっ
VEUX-TU BIEN...
... NE PAS SALIR DAVANTAGE LES OREILLES DE CETTE FILLE EN CRACHANT DES ABSURDITÉS ?
ZEN ...
QUI... QUI ES-TU ?
QUE FAIT LA GARDE...?

TOUT VA BIEN.
NOUS GARDONS LA GARDE !
!!
ZEN...!!
SALUT, SHIRAYUKI ! ATTACHE-MOI ÇA.
ça s'est défait.
EUH !?
MAIS AVANT ÇA... TON CORPS...
!
ばっ
BAM
JE VOIS !
C'EST DONC TOI QUI AS AVALÉ LE POISON !
CE N'ÉTAIT VRAIMENT PAS DE CHANCE !
JE M'ÉTAIS ARRANGÉ POUR QUE SHIRAYUKI SOIT INCAPABLE DE BOUGER ET QU'ON PUISSE ME L'AMENER...
C'EST DONC TOI... QUI AS ENVOYÉ LES POMMES !
CORRIGE TON LANGAGE, MON GARÇON.
フン
Hum
NOUS SOMMES DE CONDITIONS DIFFÉRENTES, TOI ET MOI.
TOUTES MES EXCUSES...
... PRINCE RAJI.

TCHAK
BON, C'EST ENNUYEUX, MAIS RECOMMENÇONS.
C'EST LA PREMIÈRE FOIS QUE VOUS ME RENCONTREZ.
JE SUIS ZEN, LE DEUXIÈME PRINCE DU ROYAUME DE CLARINESS.
!?
...
LE DEUXIÈME... PRINCE !?
Z... ZEN... RESSAISIS-TOI !!
Tu sais qui je suis ?
J'AI TOUTE MA TÊTE, SHIRAYUKI.
POUR ME PRÉPARER AU PIRE...
... ON M'A HABITUÉ AUX POISONS...

QUELLE MINE IL A...!
... MAIS JE N'AURAIS JAMAIS IMAGINÉ QUE LE PRINCE DU PAYS VOISIN M'EMPOISONNERAIT...
... PRINCE RAJI.
TAK
BAM
...
C'EST BIEN LUI !
PAS VRAI, MON GRAND ?
C'EST...
... C'EST VRAI ! SES ARMOIRIES SE TROUVENT SUR SES EFFETS PERSONNELS...
VOUS... VOUS N'AVEZ AUCUNE PREUVE QUE J'AI EMPOISONNÉ LES POMMES !
HUM...
Troublé
N'Y EN A-T-IL PAS BEAUCOUP, AU CONTRAIRE ?
PAR EXEMPLE, DANS VOTRE COMPORTEMENT, OU PARMI LES OBJETS QUI VOUS APPARTIENNENT...
ÊTES-VOUS D'ACCORD POUR QUE L'ON PROCÈDE À UNE ENQUÊTE EN BONNE ET DUE FORME ?
M...
MAIS...
ALORS, SI NOUS PASSIONS UN ACCORD, PRINCE IDIOT ?

Si vous ne voulez pas que votre comportement stupide soit révélé au public...
... jurez que vous ne vous mêlerez plus jamais de la vie de Shirayuki...
... et même, que vous ne prononcerez plus jamais son nom !
Pourquoi son nom ...?
Voulez-vous que je dégaine ?
チャ
TCHAK
Shirayuki ! Tu as sûrement aussi des tas de choses à lui dire...
えっ
Euh
Alors, si tu veux lui dire ses quatre vérités, c'est le moment !
Ça va, j'ai compris ! Je le jure ! Voilà, je l'ai juré !!
Vas-y !
Oui...
TAK...
ひょい
TCHAK

TENEZ, PRINCE RAJI.
ZYUNN
ビャッ
VOICI UN PRÉSENT DE MA PART À L'OCCASION DE MA VISITE.
ET PUIS...
2 cm
Il était tombé !
DONNEZ VITE L'ANTIDOTE À ZEN !
MERCI.

QU'EST-CE QUI TE PREND, SHIRAYUKI ?
Pourquoi cette pose formelle ?
MERCI DE M'AVOIR AIDÉE...
MAIS, PARDON...
... JE...
... T'AI EMPOISONNÉ LA VIE, ET C'EST TOUT.
JE DOIS RIRE, LÀ ?
TU DIS ÇA PARCE QUE LA POMME EMPOISONNÉE QUE J'AI CROQUÉE ET TES CHEVEUX SONT ROUGES ?
HA HA HA
ははは
NON, CE N'EST PAS ÇA...

Kiki !
Ne t'inquiète pas, tu ne dois pas t'excuser, Shirayuki. Zen a mangé la pomme de sa propre initiative.
Zen et nous avons manqué de prudence. C'est tout !
Mitsuhide a même dit que si tu mourais, il se tuerait, et il avait les larmes aux yeux !
Ça va, j'ai compris !
Je suis désolé.
La prochaine fois je demanderai à Mitsuhide de me peler la pomme avant de la manger...
La question n'est pas là !
カタン TAK
Shirayuki...
Te souviens-tu...
... de ce que je t'ai dit dans le bois ?
Pour moi...
... si je me trouve avec toi maintenant...
... c'est que c'est mon destin, et j'en suis heureux. D'accord ?

NOUS NOUS TROUVIONS DANS CETTE FORÊT OÙ TU AVAIS PÉNÉTRÉ DE TA PROPRE VOLONTÉ, NOUS SOMMES ENTRÉS EN RELATION...
... ET NOUS NOUS SOMMES PROTÉGÉS MUTUELLEMENT.
TOUT CELA VA-T-IL PRENDRE FIN...
... OU, AU CONTRAIRE, EST-CE LE DÉBUT DE LIENS FUTURS ?
C'EST À TOI D'EN DÉCIDER.
EUH... MAIS...
... PUIS-JE VRAIMENT PRENDRE CETTE DÉCISION ?
BIEN SÛR !
MOI AUSSI, JE DÉCIDE MOI-MÊME DE MON DESTIN.
PRENDS TA DÉCISION...
IL NE DÉPENDRA QUE DE TOI DE SUIVRE CETTE VOIE OU NON.

...
ZEN...
QUOI ?
DÉCIDÉMENT, TA FAÇON DE PENSER EST INCROYABLE !
CE N'EST PAS MA FAÇON DE PENSER, C'EST MA FAÇON DE VIVRE.
TCHAK
Oui !
Quel ton pédant !
QUELLE EST TA RÉPONSE...
... SHIRAYUKI ?
C'EST...
... EN QUELQUE SORTE MA PROPRE HISTOIRE.

JE...
SI JE DEVAIS FAIRE UN VOEU, JE SOUHAITERAIS QUE LE BRUIT QUE FONT LES PAGES DE MON HISTOIRE EN TOURNANT...
... RÉSONNE COMME LE BRUIT DE NOS PAS SUPERPOSÉS SUR LE CHEMIN DE NOTRE RENCONTRE.
IL FRIME, MAIS LE DESTIN QUI ATTEND ZEN DANS L'IMMÉDIAT EST UNE BONNE ENGUEULADE À SON RETOUR AU CHÂTEAU, SHIRAYUKI !
Oh
Il s'est de nouveau enfui du château plusieurs jours d'affilée...
ET CA RETOMBERA SUR NOUS AUSSI.
"TOUT EST BIEN QUI FINIT BIEN" !

Chapitre

ROYAUME DE CLARINESS, WISTAR, LA CAPITALE
EXCUSEZ-MOI...
J'AI RENDEZ-VOUS AVEC KIKI ET MITSUHIDE DE LA GARDE ROYALE...
SHLACK
AH !?
VOUS... MAIS... SERIEZ-VOUS...?
OUI !
SON ALTESSE LE PRINCE ZEN NOUS A INFORMÉS QU'IL AVAIT UNE INVITÉE !
ZEN ?
MADEMOISELLE SHIRAYUKI AUX CHEVEUX ROUGES !
AH...
OUI.

TU PARLES D'UNE SURPRISE ! C'EST LA PREMIÈRE FOIS DE MA VIE QUE JE VOIS DES CHEVEUX ROUGES !!
c'est classe !
JE N'EN REVIENS PAS NON PLUS QU'ELLE TUTOIE SON ALTESSE...
JE POURRAI ME VANTER DEVANT TOUT LE MONDE DE L'AVOIR RENCONTRÉE !
JE SUIS NÉE AVEC UNE CHEVELURE DE LA COULEUR D'UNE POMME ROUGE.
Je vais vous conduire.
Merci.
COMME C'EST RARE...
une petite pomme ?
... LE PRINCE DE TANBARUN, LE PAYS OÙ JE SUIS NÉE ET OÙ J'AI GRANDI, M'A CHOISIE POUR ÊTRE SA CONCUBINE.
C'ÉTAIT ZEN, LE DEUXIÈME PRINCE DU ROYAUME DE CLARINESS.
COMME JE REFUSAIS, J'AI QUITTÉ MON PAYS ET JE SUIS ARRIVÉE DANS UNE FORÊT SE TROUVANT DANS LE PAYS VOISIN.
C'EST LÀ QUE J'AI RENCONTRÉ QUELQU'UN QUI M'A AIDÉE.
AH... VOTRE ALTESSE ? VOTRE INVITÉE...
TAK TAK
スタタ
SHIRAYUKI !?
TAK

EXCUSE-MOI DE TE DÉRANGER !
QUANT À SES PROCHES COMPAGNONS...
Tiens !?
ILS NE SONT PAS LÀ...
PUIS-JE CONDUIRE MADEMOISELLE AU SALON ?
NON, NOUS RESTERONS ICI.
Prendront-ils du thé ?
ZEN...
AUJOURD'HUI, KIKI ET MITSUHIDE NE SONT...
Nom de ses gardes
CHUT !
VOIX BASSE
JE VIENS JUSTEMENT DE LES SEMER !
PARDON ?
C'EST UN BON EXERCICE !
IL NE FAUT PAS QUE JE ME ROUILLE AVEC TOUTES LES OBLIGATIONS DE MA CHARGE.
AUTREMENT DIT, TU T'ES ESQUIVÉ AU BEAU MILIEU DE TES OBLIGATIONS OFFICIELLES ?
Pourquoi ces feuilles sur ses vêtements ?
EN QUELQUE SORTE.
COMME JE NE T'AI PAS VUE DEPUIS QUELQUE TEMPS...
... JE COMPTAIS ME PLAINDRE POUR QUE L'ON M'ACCORDE UN PEU DE TEMPS LIBRE...

J'AI RÉUSSI À TE VOIR, SHIRAYUKI !
MAIS VOILÀ...
CELA DIT...
HM ?
... JE ME SENS UN PEU MAL À L'AISE...
TAK
IL EST SOIT DANS LE SALON, SOIT DANS LE JARDIN...
Ah !
MITSUHIDE ! KIKI !
Tss !
SALUT, SHIRAYUKI !
Bonjour !
POURQUOI CLAQUES-TU LA LANGUE, ZEN ?

TU ES RAPIDE, MITSUHIDE ! TU M'AS DÉJÀ RATTRAPÉ ?
ははは
HA HA HA
MAINTENANT, C'EST À TOI DE T'ENFUIR !
WAAH ! IL ESSAIE DE ME CHASSER, KIKI !
S'en fiche.
TU ES DONC LÀ, SHIRAYUKI ! ÇA N'ARRIVE PAS SOUVENT !
Oui !
MAIS AUJOURD'HUI, JE QUITTE LA VILLE.
COMME JE ME SOUVENAIS QUE ZEN M'AVAIT DIT DE LE PRÉVENIR QUAND CE GENRE DE CIRCONSTANCES SE PRÉSENTERAIT...
JE VAIS FAIRE UN ALLER ET RETOUR D'UNE JOURNÉE EN BATEAU JUSQU'AUX ENVIRONS DU MONT KOTO.
LA VILLE LA PLUS PROCHE EN TRAVERSANT LA MER...
QUOI ?
IL NE FAUT PAS ME PRÉVENIR LE JOUR MÊME ! OÙ VAS-TU ?
JE COMPTAIS M'ESQUIVER DU CHÂTEAU POUR T'ACCOMPAGNER, MAIS JE N'AI PAS LE CHOIX... JE VAIS T'ACCOMPAGNER JUSQU'AU BATEAU.
Merci.
J'AI EMMÉNAGÉ À CLARINESS. ACTUELLEMENT, J'ÉTUDIE LES SCIENCES PHARMACEUTIQUES.
"J'ÉTUDIE"...!
SHIRAYUKI, TU ES PHARMACIENNE, NON ?

Shirayuki aux cheveux rouges

Chapitre 1

Je l'ai écrit dans l'idée que ce serait une histoire sans suite. "Un conte pour enfants... oui, c'est ça, un conte pour enfants !" C'est sur le coup d'une inspiration subite que je me suis mise à le dessiner fiévreusement. Le thème étant celui de Shirayuki-hime*, je me suis d'abord demandé à quoi j'allais faire ressembler la protagoniste. Il n'y a pas de princesse dans ce conte. J'ai mis ce projet à exécution parce que je pensais que j'allais bien m'amuser à écrire cette histoire, même si elle ne respectait pas vraiment le titre. Ensuite, qui dit Blanche-Neige, dit pomme empoisonnée, c'est pourquoi j'ai pensé aux pommes. La protagoniste a des cheveux rouges. J'avais trouvé l'élément central de l'histoire, et je me suis dit que je tenais le bon bout ! C'est ainsi que j'ai tout écrit d'une seule traite. Merci, les cheveux rouges !

Le cachet qu'on voit sur la jaquette.

* SHIRAYUKI-HIME : BLANCHE-NEIGE. EN JAPONAIS : "PRINCESSE" (HIME) "BLANCHE-NEIGE" (SHIRAYUKI).

JE NE PEUX PAS CONTINUER INDÉFINIMENT...
... À FRANCHIR LA PORTE U CHÂTEAU EN TANT U'INVITÉE !
... DE PHARMACIENNE DE LA COUR !
JE COMPRENDS.
HA はは HA
TOMBER SUR TOI À L'IMPROVISTE DANS LE CHÂTEAU COMME AUJOUR-D'HUI, SHIRA-YUKI...
... POUR-RAIT EN EFFET ÊTRE AMUSANT !
KLANG カァー…!
LA VILLE DE KOTO
MADE-MOISELLE, VOUS AVEZ DES CHEVEUX D'UNE COULEUR PAS BANALE !
は！ HA ?
BROUHAHA
わい わい
BROUHAHA

COMME JE SUIS MARIN, JE VAIS SUR TOUS LES CONTINENTS, MAIS...
... JE N'AI JAMAIS RENCONTRÉ PERSONNE AVEC DES CHEVEUX ROUGES !
Oh ほー
SUR TOUS LES CONTINENTS ?
QUOI !? DES CHEVEUX ROUGES !?
WAH わい
IL Y AVAIT UNE RUMEUR QUI CIRCULAIT À TANBARUN...
... SELON LAQUELLE LE PRINCE STUPIDE AVAIT JETÉ SON DÉVOLU SUR UNE FILLE, MAIS N'AVAIT PAS RÉUSSI À LA FAIRE SIENNE !
Euh
FLAP FLAP FLAP
VOUS ÊTES ICI POUR FAIRE DU TOURISME ?
EN QUELQUE SORTE, OUI.
へえー Oh
WAH わい
Dites... pour le bateau de nuit...
Bon-jour !
わ Wah !
VOILÀ !

ALORS, EN-SUITE...
TU AS ENCORE QUELQUE CHOSE À FAIRE SUR CETTE MON-TAGNE ?
ZAM
RAVI DE FAIRE TA CONNAIS-SANCE.
JE PENSE QUE TES CHEVEUX ROUGES...
... ME SERONT UTILES.
QUOI ?
!?
...!
BOMM
VLAM

DJINNG
ズキ
UH...
BAM
がばっ
...!
AH...?
OÙ SUIS-JE ?

AH OUI...
QUELQU'UN M'A CAPTURÉE PENDANT LA JOURNÉE ...?
KRII
J'AI...
... MAL !
Ouh
MES AFFAIRES NE SONT PLUS LÀ !
!!
IL Y A...
... QUELQU'UN !
EST-CE LE GARÇON DE TOUT À L'HEURE ?
REGARD FIXE
...
VLAM
TU ES RÉVEILLÉE ?

ALORS, TU POURRAIS M'APPELER !
...
GWW
ぐぐっ
KRIII
ギッ...
JE M'APPELLE MIHAYA.
JE ME SUIS PRÉSENTÉ À TOI AU PIED DE LA MONTAGNE, TU T'EN SOUVIENS ?
CES PRÉSENTATIONS ÉTAIENT CHARMANTES...
VOUS ME VOULEZ QUELQUE CHOSE ?
BIEN SÛR, SINON JE NE ME SERAIS PAS ADRESSE À TOI.

DIS-MOI...
QUE PENSES-TU D'UN BIEN QUE MÊME UN PRINCE N'A PAS RÉUSSI À S'APPROPRIER ?
BOMM
QUELLE QUE SOIT LA PERSONNE À QUI JE LE PRÉSENTE...
Euh
... JE RECEVRAI SANS DOUTE DES TAS DE RÉCOMPENSES.
UN BIEN, COMME, PAR EXEMPLE...
... UNE FILLE AUX CHEVEUX ROUGES...
... QUI L'ORNENT DEPUIS SA NAISSANCE COMME DES JOYAUX !
...!
EN RÉALITÉ, J'AI ÉTÉ SURPRIS, MOI AUSSI, EN TE VOYANT.

VOUS VOULEZ...
... ME VENDRE À QUELQU'UN ?
KRRTSK
KRRTSK
"VENDRE" ? LE TERME EST GROSSIER.
JE VEUX T'OFFRIR À QUELQU'UN. T'OFFRIR.
DES HOMMES RICHES, AMATEURS DE CURIOSITÉS, IL Y EN A AUTANT QU'ON VEUT !
QUI EST GROSSIER ?
POURQUOI IMAGINE-T-IL DES CHOSES PAREILLES ?
JE DOIS M'ENFUIR !
KRI
ENFIN...
JE POURRAIS AUSSI ATTENDRE QUE TES CHEVEUX DEVIENNENT PLUS LONGS.
KYUK
CELA NE ME DÉPLAIRAIT PAS DE T'AVOIR À MES CÔTÉS EN ATTENDANT.
N'EST-CE PAS...
... CHEVEUX ROUGES ?

SALE PETITE...!
DAM
TU NE T'ÉCHAPPERAS PAS !
DANG
KLONG
NON !!
WOOH...
FWAM
PLATT
HUM !
TONG
JE TE PRÉVIENS, NOUS SOMMES EN PLEINE MONTAGNE, CHEVEUX ROUGES !
NE T'IMAGINE PAS POUVOIR T'ÉCHAPPER TOUTE SEULE !
TOMP
...
KRII
ENCORE UN PEU...!

EN CE QUI ME CONCERNE, J'AIMERAIS TE TRAITER AVEC RESPECT.
ALORS, COMPORTE-TOI EN ADULTE !
KLAK
ばらっ
!!
...
J'AI...
... PRIS LA DÉCISION QUE J'IRAIS QUELQUE PART, ALORS...
パカ
... TROUVE-TOI UNE AUTRE FILLE !
DANNG
ア—
KLANG
ガラ…
TU VISES MAL...
ガラガラ
ガラ—
ÇA BRAAALE !!
KLANG KLANG KLANG

BAM
!
MA SACOCHE ...!!
TCHAK
DAM DAM DAM DAM DAM DAM
EN TOUT CAS, JE DOIS SORTIR D'ICI...!!
TAP TAP
MERDE ! JE ME SUIS BRÛLÉ...!
DAM
KHZUHH
QU'EST-CE QUE C'EST QUE CETTE FILLE ?
HAH...
HAH...

JE PENSE QUE CECI EST LA PORTE D'ENTRÉE...
ÇA NE VA PAS !
ELLE EST VERROUILLÉE...
SHARANG
HAA...
HAA...
Y A-T-IL D'AUTRES PORTES...?
DAM
DAM
DAM
DAM
HAA...
HAA...
HAA...
IL Y A UNE GRILLE À LA FENÊTRE... JE NE PEUX PAS PASSER.
...
DAM
DAM

PAR OÙ PUIS-JE SORTIR ?
DAM
DAM
SI JE ME CONTENTE DE COURIR EN TOUS SENS COMME ÇA, JE VAIS ME FAIRE ATTRAPER ...!!
BAM
AAH !
JE T'AI RETROUVÉE !
TU ÉTAIS DONC ENCORE AU REZ-DE-CHAUSSÉE.
...!!
POURQUOI EST-IL EN HAUT...?
TU N'AS PAS TROUVÉ DE SORTIE, N'EST-CE PAS ?
DAM

IL A SAUTÉ ?
Roah げっ
BAM ば
ZUT ! JE DOIS M'ENFUIR !
DAM
VYUNN ピューー
PAS DE CHANCE.
C'EST UNE IMPASSE.
ZUT...
JE NE PEUX PAS ALLER PLUS LOIN...
HAH...
HAH...
はあっ HAA
TAK
!
DES BRUITS DE PAS...
TAK
TAK
IL VIENT PAR ICI !
...!!
N'Y A-T-IL RIEN DANS MA SACOCHE DONT JE PUISSE ME SERVIR ?
BAM BAM ばばっ
UN LIVRE... UNE LAMPE... AH ! DES SUCRERIES QUE M'A DONNÉES MITSUHIDE... DES ALLUMETTES...
FROFF ゴそ
FROFF ゴそ
ET PUIS...

... DES PLANTES MÉDICINALES...
ÇA...!
BWUFF
JE N'EN AI PAS BEAUCOUP, ET CE N'EST PAS LA BONNE FAÇON DE S'EN SERVIR, MAIS...
... JE N'AI PAS D'AUTRE MOYEN...
TAK...
KYUK
TAK
... QUOI ?
TU AS RENONCÉ À FUIR, CHEVEUX ROUGES ?
ZAM
DOMM...

NON...
TOUT À L'HEURE, IL ÉTAIT AU PREMIER ÉTAGE... OR, S'IL NE VEUT PAS QUE JE MONTE AU PREMIER...
DOMM...
... C'EST PARCE QU'UNE ISSUE S'Y TROUVE !
DOMM...
TAK
ALORS, TU NE PROTESTERAS PAS SI JE T'ATTRAPE, N'EST-CE PAS ?
VWUNN
パリィン!!
SKLINNGSK
HE !
FWUMMM
ゆらあっ
!?
KHEUHH
QUOI...? DE LA FUMÉE !?
POURVU QUE ÇA MARCHE ...!!

FWAMM
グラ
...!?
KHEUH
QUOI...?
TAK
COMME J'AI FAIT BRÛLER UNE PLANTE QUI A DES EFFETS PARALY-SANTS...
... JE PENSE QUE TES SENSATIONS PHYSIQUES VONT S'ATTÉ-NUER...
DORS BIEN !
DOM
トトッ
...!
JE ME SOUVIENS D'AVOIR VU TOUT À L'HEURE UN ESCALIER MENANT À L'ÉTAGE SUPÉ-RIEUR...
LE VOILÀ !
DAM
DAM
HAH...
HAH...
DAM
DAM !
タン!
HAA
...!!
IL N'Y A PAS DE GRILLE À LA FENÊTRE...!

Y A-T-IL UNE ÉCHELLE ME PERMETTANT D DESCENDRE ?
BON, TANT PIS...
Je vais descendre par cet arbre.
FRAFF
JE COMPRENDS... LES GRILLES AUX FENÊTRES DU REZ-DE-CHAUSSÉE SERVENT À...
... ÉCARTER LES ANI...
... MAUX.
TCHAK
DAM
HOP
...!
HAH...
HAA...
DEHORS ...!!
LE CIEL EST DÉJÀ CLAIR, MAIS...
... LA FORÊT PAR LAQUELLE JE DOIS M'ENFUIR EST SOMBRE...
ET COMME MA LAMPE EST CASSÉE...
Il me reste les allumettes...

SHH
Si c'est du feu que tu veux, j'en ai.
De toute façon, tu ne peux pas aller plus vite que moi dans cette montagne.
J'ai l'impression que le remède que tu as utilisé tout à l'heure n'était pas très efficace !
...! Tu es monté tout de suite par les escaliers ?
Quoi ?
Non, ce n'était pas nécessaire.
Parce que je possède la clé de la porte du rez-de-chaussée.
KLING
!
...

DAM
だっ
DAM
ダッ
TSS !
ATTENDS, JE TE DIS !
AH...
!
TAK...
ÇA BRÛLE !...
KRRTSK
KRRTSK
TU SAIS...
MÊME SI TU RÉUSSISSAIS À T'ENFUIR, QUELQU'UN D'AUTRE S'EN PRENDRAIT PEUT-ÊTRE À TOI.

SI TU ES OFFERTE À QUELQU'UN DE LA NOBLESSE OU DE LA FAMILLE ROYALE, TU NE RISQUERAS RIEN, NON ?
TU POURRAS VIVRE DANS LE LUXE TOUT EN ÉTANT PROTÉGÉE.
TU NE PENSES PAS QUE C'EST UN BON MOYEN DE SERVIR TES INTÉRÊTS...
... CHEVEUX ROUGES ?
CE MOYEN...
... NE M'INTÉRESSE PAS.

...!
C'EST POUR ÇA QUE JE T'EMMÈNE AVEC MOI.
ZAM
TAK!
!?
WYUNN

DOMM
どん
UMPFF !?
KLANG
カランッ
...
VLAM
ドサ
TAP...

SALUT, SHIRAYUKI !
CE N'ÉTAIT PAS UN VOYAGE D'UN JOUR ?
ZE...
... ZEN !
ES-TU BLESSÉE ?

Ah...
ÇA VA !
FLAP FLAP ばた ばた
CE N'EST RIEN !
ふー Pff
AH BON...
URGH...
FWOMM ヨロ...
KHEUHH ゲホッ
TIENS... TU AVAIS UN GARDE DU CORPS...
ÇA ALORS...!
DIRE QUE J'AURAIS PU TRAVAILLER COMME GARDE DU CORPS CHEZ LA PERSONNE À QUI JE PENSAIS T'OFFRIR...
TU AVAIS AUSSI PENSÉ À ÇA ?
Tu es vraiment impossible...
AÏE...
MAIS OUI...

LE RANG ET L'HONNEUR DE LA FAMILLE N'EMPÊCHENT PAS DE SE RETROUVER NU UNE FOIS QU'ON A PERDU SA FORTUNE !
Aïe
IL FAUT BIEN QUE JE TENTE DE GAGNER DE L'ARGENT PAR TOUS LES MOYENS POSSIBLES !
ZAM
...!
TAIS-TOI !
JE NE VEUX PAS...
... SAVOIR COMMENT TU LA CONSIDÈRES.

SHIRAYUKI NE DOIT PAS...
... TE SERVIR D'INSTRUMENT POUR ATTEINDRE TON BUT !

...
ELLE S'APPELLE DONC SHIRAYUKI...
JE T'INTERDIS DE PRONONCER SON NOM !
ENFIN QUOI !? TU ES SON PÈRE ?
"SON PÈRE"...
SHIRAYUKI... CE GARÇON A-T-IL DES COMPLICES ?
EUH ? JE ME LE DEMANDE...
JE N'AI RENCONTRÉ PERSONNE, MAIS...
S'IL EST SEUL, NOUS POUVONS L'EMMENER ET REDESCENDRE LA MONTAGNE AVEC LUI...
NOUS NE SOMMES PAS OBLIGÉS DE LE CONVOYER JUSQU'AU CHÂTEAU ; NOUS POUVONS LE LIVRER AUX REPRÉSENTANTS DU GOUVERNEMENT QUI SE TROUVENT AU PIED DE LA MONTAGNE...
LE CHÂTEAU !?
Tu viens d'un château !?
QUI ES-TU EN RÉALITÉ ? QUEL EST TON NOM ?
...
ZEN.
...!
AH...
J'AI DÉJÀ ENTENDU CE NOM...

C'EST LE NOM DU DEUXIÈME PRINCE DU ROYAUME DE CLARINESS.
JE SUIS L'AMI DE SHIRAYUKI.
D'APRÈS LES RECHERCHES EFFECTUÉES, CE GARÇON NE SEMBLE PAS AVOIR DE LIENS AVEC DES BANDITS OU DES CRIMINELS.
AH...
MAIS, POUR PLUS DE SÛRETÉ, ON VEILLERA À TA PROTECTION PENDANT QUELQUE TEMPS.
BON.

ZEN, TU ES FÂCHÉ ?
PAS CONTRE TOI.
...
TCHAK
ALORS...
... TOURNE-TOI VERS MOI, JUSTE UN PETIT PEU !
DIX SE-CONDES !
ZEN...
JE SAIS QUE LE DIRE NE SUFFIRA PAS, MAIS JE TE REMERCIE D'ÊTRE VENU...
... ME CHERCH...
FRAFF
CINQ SECONDES SUFFIRONT !
C'EST ASSEZ.

SHIRA-YUKI...
QUAND CE SINGE T'A POSÉ UNE QUESTION AU MOMENT DE TE QUITTER...
... TU NE LUI AS PAS RÉPONDU.
"DIS, CHEVEUX ROUGES...
... QUEL EST CET ENDROIT OÙ TU AS DÉCIDÉ D'ALLER, COMME TU LE DISAIS ?"
ÇA NE TE DÉRANGE PAS SI JE TE POSE LA MÊME QUESTION ?
AH...
CET EN-DROIT...
... EST CE QUI M'A DÉCIDÉE À VENIR DANS TON PAYS.
J'AVAIS ENVIE DE VOIR QUELLE VIE TU MENAIS DANS CE PAYS.

ALORS...
... JE TROUVERAI CET ENDROIT QUI ME PERMETTRA D'EXAUCER CE SOUHAIT.
SUR LA VOIE OÙ J'AVANCE...
JE SERAIS HEUREUX...
... SI CET ENDROIT ME PERMETTAIT DE TE VOIR AUSSI.
SHIRAYUKI...
MOI AUSSI, JE TE REMERCIE...

... D'ÊTRE SAINE ET SAUVE.
... UN VENT ARRIÈRE ÉTOURDISSANT SOUFFLE SÛREMENT.
BON ! KIKI ET MITSUHIDE VONT PEUT-ÊTRE ARRIVER BIENTÔT.
ILS SONT COMME MOI DES SPÉCIALISTES POUR S'ÉCLIPSER DU CHÂTEAU !
COMME TOI, ZEN...?

Chapitre

JE SUIS NÉE AVEC UNE CHEVELURE DE LA COULEUR D'UNE POMME ROUGE.
COMME C'EST RARE, LE PRINCE DE TANBARUN, LE PAYS OÙ JE SUIS NÉE ET OÙ J'AI GRANDI, M'A CHOISIE POUR ÊTRE SA CONCUBINE.
Tu peux m'être reconnaissante !
COMME JE REFUSAIS, J'AI QUITTÉ MON PAYS ET JE SUIS ARRIVÉE DANS UNE FORÊT SE TROUVANT DANS LE PAYS VOISIN..
C'EST LÀ QUE J'AI RENCONTRÉ QUELQU'UN QUI M'A AIDÉE.
C'ÉTAIT ZEN, LE DEUXIÈME PRINCE DU ROYAUME DE CLARINESS.
Wistar, Capitale du royaume de Clariness – Palais royal
SALUT, SHIRAYUKI !
DÉSOLÉ, JE N'AI PAS RÉUSSI À ARRIVER À L'HEURE POUR T'ACCUEILLIR À LA PORTE... ON NE T'A PAS EMPÊCHÉE D'ENTRER ?
Mitsuhide !
NON, TOUT S'EST BIEN PASSÉ.
APPAREMMENT, ZEN A DIT AUX GARDES DE L'ENTRÉE DE ME LAISSER PASSER.

Ah bon ? Tant mieux !
EN FAIT, ZEN EST SORTI DU CHÂTEAU DANS LE CADRE DE SES FONCTIONS L'AUTRE JOUR...
MAIS ENSUITE, IL EST ALLÉ OBSERVER LA RÉGION EN SECRET ET EST RENTRÉ PLUS TARD QUE PRÉVU AU CHÂTEAU, SANS PRÉVENIR.
À CAUSE DE CELA... SON ENTOURAGE LUI A, PARAÎT-IL, FAIT DE SÉVÈRES REMARQUES...
BROIE-T-IL DU NOIR ?
Zen ?
HA ! HA ! HA ! NON, ÇA...
GATCHAK
J'ENTRE !
MAIS IL VEUT MONTRER PAR SON COMPORTEMENT QU'IL REGRETTE CE QU'IL A FAIT.
GONN GONN GONN GONN
GONN GONN GONN
IL S'EST ENFERMÉ DANS SON BUREAU, ET IL Y RESTE SANS PRENDRE LE MOINDRE REPOS.
GONN
SHIRAYUKI ...?

Ai-je une hallucination auditive ?
Non... mais je n'ai encore rien dit... c'est bien moi !
Ça, c'est parce que vous me cassiez les oreilles en me répétant de dormir !
C'est Kiki et moi qui l'avons fait venir.
Ses deux proches compagnons.
Tu as bien dit que si tu avais le temps de dormir, tu préférerais voir Shirayuki, non ?
Quoi...!?
Il est assez têtu...
Nous aimerions bien faire en sorte qu'il se repose, mais...
Chuchotements
Alors, aujourd'hui, je vais rentrer chez moi.
J'ignore quand nous pourrons nous revoir... mais aujourd'hui, je pense que c'est la seule chose à faire, non ?
Oups
...
Chuchotements
Il ferait pourtant bien de voir Shirayuki avant qu'il ne se mette...
... à signer les documents de son nom à elle...
Eh bien, excusez-moi pour le dérangement...
Drôles de symptômes !

VOUS ÊTES LÂCHES, LES GARS...
NOUS LE SAVONS...
TU T'ES DÉPLACÉE SPÉCIALEMENT... JE SUIS DÉSOLÉ, SHIRAYUKI.
TU ME PRÉSENTES DES EXCUSES ? À MOI ?
J'EN PRÉSENTERAI AUSSI PLUS TARD...
... À KIKI ET À MITSUHIDE.
QUAND...
... JE PASSE MON TEMPS À M'ABSENTER DU PALAIS...

J'ABATS DEUX FOIS PLUS DE TRAVAIL QUE D'HABITUDE, TU SAIS ! JE NE LAISSERAI PERSONNE ME CRITIQUER À MA PROCHAINE SORTIE !
ET C'EST POUR ÇA QUE TU T'ENFERMES DANS TON BUREAU ?
HA ! HAA !
JE NE DÉTESTE PAS LE TRAVAIL DE BUREAU... MAIS...
... TRÈS VITE, JE NE SAIS PLUS CE QUI SE PASSE À L'EXTÉRIEUR.
... ON ME DIT QU'UN JOUR...
... JE NE SERAI PRINCE QUE DE NOM.

LE PAYS… CLARINESS, S'ÉTEND À L'EXTÉRIEUR DU PALAIS.
MOI, ÇA ME PLAÎT.
LE PAYS OÙ TU TE TROUVES EST MAGNIFIQUE !
HUUM…
FWAMM
OUH… PARDON… JE VAIS DORMIR…
PEUX-TU RESTER ICI JUSQU'À CE QUE MITSUHIDE VIENNE M'APPELER ?
AH BON…
OUI ! JE VAIS LIRE LE LIVRE QUE J'AI APPORTÉ.

S55...
WAOUH ! QUELLE RAPIDITÉ !
TOUT EN ÉTANT UN PRINCE DE CE PAYS, ZEN EST QUELQU'UN QUI SE BAT TOUT LE TEMPS.
MON BUT EST DE DEVENIR PHARMACIENNE DE LA COUR.
BON !
薬学書
* LIVRE DE PHARMACIE.
...
MOI AUSSI, JE DOIS METTRE LE PAQUET !
GONN
GONN
GONN
RHH
ON DIRAIT QU'ILS SE SONT SUBSTITUÉS L'UN À L'AUTRE !
FRAFF
OH...

CETTE FILLE AUX CHEVEUX ROUGES...
... EST L'AMIE DU PRINCE ZEN...
... N'EST-CE PAS ?
ZEN...
PEUX-TU TE RÉVEILLER MAINTENANT ?
AAH...? AH ! KIKI...
SHIRA...
MITSUHIDE A RACCOMPAGNÉ SHIRAYUKI DEHORS.
AH BON...
Un livre...
ELLE ÉTUDIAIT ?
Elle l'a oublié ?
PRINCE ZEN, VOTRE ALTESSE...
... EXCUSEZ-MOI DE VOUS DÉRANGER PENDANT QUE VOUS VOUS REPOSEZ !
TAK
TIENS...
MARQUIS HARKA...

VEUILLEZ NE PAS RENCONTRER DES GENS DE L'EXTÉRIEUR SI IMPRUDEMMENT, D'ACCORD ?
VOUS ÊTES LE PRINCE DE TOUT UN PAYS. TELLE EST VOTRE SITUATION.
VOUS DEVEZ CHOISIR AVEC UNE PRÉCAUTION EXTRÊME VOTRE ENTOURAGE.
CECI AFIN DE ME PROTÉGER ET DE PRÉSERVER MON AUTORITÉ DE PRINCE, N'EST-CE PAS ? JE LE SAIS BIEN.
CELA NE VOUS PLAÎT PAS ?
SI VOUS LE SAVEZ, VEUILLEZ CESSER D'INVITER AU PALAIS UNE ROTURIÈRE DONT VOUS IGNOREZ LES ORIGINES FAMILIALES !
1
CETTE FILLE A DES ATTENTES ET VA DEVENIR PRÉTEN-TIEUSE !
ELLE VOUDRA RESTER À VOS CÔTÉS !
ELLE VOUDRA OBTENIR UN RANG CONVE-NABLE !
2
3
ET SI ELLE VEUT QUE VOUS LA PRÉSENTIEZ À SA MAJESTÉ LE ROI, QUE FEREZ-VOUS !?
FLAP
FLAP
FLAP

VOS VASSAUX VOUS CRITIQUERONT, ET VOUS N'Y GAGNEREZ RIEN !
JE VOIS...
ALORS...
... SI C'EST UNE FILLE QUI NE NOURRIT PAS CE GENRE D'ESPOIRS ?
Hàa
ALTESSE...
OÙ DONC Y A-T-IL UNE FILLE PAREILLE ?
DONC, SI ELLE EXISTE, VOUS L'APPROUVEREZ ?
SI VOUS DITES QU'ELLE EXISTE, J'AIMERAIS BEAUCOUP QUE VOUS ME L'AMENIEZ !
ELLE ÉTAIT LÀ TOUT À L'HEURE, NON ?
ALTESSE !!
JE NE SUIS PAS VENU ICI POUR BADINER !
C'EST VRAI...
J'AI EU TORT DE DIRE ÇA.
CEPENDANT...
... JE N'AI PAS DIT ÇA POUR M'AMUSER, MARQUIS HARKA.

TAK
TRÈS BIEN.
JE SOUHAITE QUE VOUS OUVRIEZ LES YEUX LE PLUS VITE POSSIBLE, ALTESSE.
EXCUSEZ-MOI.
SLAM
...
CE GARÇON EST VRAIMENT...
QUOI QUE JE LUI DISE, ÇA NE SERVIRA À RIEN.
EN FAIT...
... LA SEULE SOLUTION EST DE M'ADRESSER À LA FILLE...

Chapitre 2

Quand on m'a proposé d'écrire un autre épisode de Shirayuki aux cheveux rouges, j'ai été si heureuse que je n'ai plus vu que des champs de fleurs ! Chaque fois que l'écharpe de Mihaya flotte au vent, ma mère, qui m'aide en appliquant les trames, le hue. Au départ, les origines de ce personnage constituaient le centre de ce chapitre.

Chapitre 3

Apparition, pour la première fois dans ma vie de dessinatrice de mangas, d'un personnage portant un bouc ! Alors que je pensais que je m'étais enfin habituée à le dessiner... C'était déjà la dernière partie de ce chapitre. Ne partez pas, marquis...! Rien qu'à m'en souvenir maintenant, j'ai des palpitations, mais j'ai lutté péniblement pour dessiner le story-board de ce chapitre. Cette expérience m'a bien entraînée. Je m'applique avec ardeur.

Deux garçons heureux qui m'ont souvent adressé la parole.

Gardes de la porte
POURQUOI ?
CETTE AUTORISATION A ÉTÉ ANNULÉE.
HEIN !? NOON !?
BAM
JE VOUS APPORTE L'ORDRE DE SON ALTESSE.
Attends ! Attends !
MAIS C'EST SON ALTESSE LE PRINCE ZEN QUI A AUTORISÉ PERSONNELLEMENT...
... MLLE SHIRAYUKI À ENTRER PAR CETTE PORTE DANS LE PALAIS EN QUALITÉ D'INVITÉE !
"MA FAÇON DE TRAITER MLLE SHIRAYUKI A PROVOQUÉ DE NOMBREUSES PLAINTES DE LA PART DE MES VASSAUX.
PAR CONSÉQUENT, SON AUTORISATION À ENTRER DANS LE PALAIS EST DÉFINITIVEMENT RÉVOQUÉE."
MAIS C'EST SI SUBIT...
C'EST TOUT. NE M'INTERROMPEZ PAS.
JE VOUS DEMANDE DE COMPRENDRE LES TOURMENTS DE SON ALTESSE QUI A PRIS CETTE DÉCISION.
GLOUPS
DJAANG
BIEN...
HÉ ! ATTENDEZ !
FWUUUUSHH
MAIS ALORS, IL FAUT PRÉVENIR SON ALTESSE...!

NOUS VENONS DE LAISSER ENTRER Mlle SHIRAYUKI, QUI EST ALLÉE RÉCUPÉRER CE QU'ELLE AVAIT OUBLIÉ À L'INTÉRIEUR !
QUOI...!?
COMME J'AVAIS ENTENDU MON NOM...
JE ME SUIS DEMANDÉ DE QUOI IL S'AGISSAIT...
ZEN...
... A ÉTÉ CRITIQUE !?
MAIS CET ORDRE...
...
ELLE N'EST TOUT DE MÊME PAS ALLÉE CHEZ SON ALTESSE !?
!?

CHEVEUX ROUGES !
ELLE NOUS A ENTENDUS...?
CET ORDRE... ÉMANE-T-IL VRAIMENT DE ZEN ?
DAM
DAM
DAM
QUAND JE SORTIRAI AUJOURD'HUI DU PALAIS, JE NE POURRAI PLUS REVENIR LE VOIR ?
MÊME S'IL ARRIVE QUELQUE CHOSE À ZEN ?
JE DOIS M'EN ASSURER AUPRÈS DE LUI.
JE PENSAIS EN ÊTRE CONSCIENTE, MAIS...
... C'EST EN RÉALITÉ GRÂCE À SON POUVOIR.
C'EST POURQUOI...
... SI JE PEUX VOIR ZEN...
... JE CHERCHE À OBTENIR LE MOYEN...
Ooh ! Mademoiselle Shirayuki !?
J'AI ENTENDU DIRE QUE VOUS ÉTIEZ UNE INVITÉE DE SON ALTESSE ! FAITES-VOUS UNE PROMENADE ?
Garde à l'intérieur du palais

... ME PERMETTANT DE ME TROUVER AU MÊME ENDROIT QUE LUI SANS L'AIDE DE PERSONNE.
DAM
ALORS, JE...
DAM DAM
BLINK
VYUNN
STAK
KLANNG KLANNG
MUR
UNE FLÈCHE ...!?
POURQUOI CETTE FLÈCHE À L'INTÉRIEUR DU PALAIS ?
POU...
FLAP

INVITÉE AUX CHEVEUX ROUGES...
... NE FAIS PAS UN PAS DE PLUS...
... ET VA-T'EN !
"MA FAÇON DE TRAITER Mlle SHIRAYUKI A PROVOQUÉ DE NOMBREUSES PLAINTES DE LA PART DE MES VASSAUX."
AH...
ON ME DIT DE NE PAS APPROCHER ZEN...
MAIS QUI A FAIT ÇA...?
DOMM
QUELQU'UN DANS CE CHÂTEAU...
... TENTE DE NOUS EMPÊCHER DE NOUS TROUVER AU MÊME ENDROIT...
DOMM
...ZEN ET MOI.
MAIS...
DOMM...

ZEN EST ICI.
TCHIK
DAM
TIENS !?
ELLE VA PLUS LOIN !?
HÉ HO !
おいおい
CE N'EST PAS POSSIBLE ...!?
CETTE ÉPREUVE NE LA POUSSE PAS À S'ENFUIR ?

STAK
?
ELLE FAIT UN SACRÉ DÉTOUR...
EN-FIN...
ÇA TOMBE BIEN...
DÉPÊCHEZ-VOUS DE RENTRER, MADEMOI-SELLE.

SHIRAYUKI !?
ARGH !?
TAK
ZEN !

TU N'ÉTAIS PAS PARTIE ?
DAM
SI !
J'AI OUBLIE UN LIVRE...
!
...
J'AI SENTI QUELQUE CHOSE BOUGER...
SHIRA-YUKI...
EST-CE QUE QUELQU'UN T'A ADRESSÉ LA PAROLE ?
LES GARDES, OUI.
LES GAR-DES...
ET...? QUELLE EST CETTE FLÈCHE QUE TU TIENS DANS LA MAIN ?
OUPS
QUELQU'UN T'A TIRÉ DESSUS DANS LE PALAIS !?

SOTTE !
POURQUOI N'AS-TU PAS APPELÉ LES SOLDATS, ALORS ?
PARDON...
MAIS ÉCOUTE-MOI AVANT DE TE FÂCHER, ZEN.
COMMENT VEUX-TU QUE JE NE ME FÂCHE PAS ? ET TOI, ALORS, COMMENT RÉUSSIS-TU À ÊTRE SI INSOUCIANTE ?
MOI AUSSI, J'AI PEUR ET JE SUIS EN COLÈRE !
GLOUPS
...
MAIS...
... JE NE VEUX PAS...
... M'ARRÊTER ICI SANS RIEN FAIRE.

S'IL Y A QUELQU'UN QUI VEUT M'EMPÊCHER DE TE VOIR...
... JE DOIS L'AFFRONTER.
TOI, TOUTE SEULE...?
SI JE SUIS SEULE, L'ADVERSAIRE M'APPROCHERA PEUT-ÊTRE...
PAS QUESTION !
ZEN...
ENFIN, C'EST CE QUE J'AI ENVIE DE TE DIRE, MAIS...
J'AI COM-PRIS.
JE T'ATTENDRAI, SHIRAYUKI.

MAIS SI JAMAIS L'ADVERSAIRE PERSISTE...
... ARRÊTE-LE EN INVOQUANT MON NOM S'IL LE FAUT.
RIEN NE DIT QU'IL SOIT SEUL, D'AILLEURS.
MOI AUSSI, JE VAIS SURVEILLER LES LIEUX POUR LE DÉCOUVRIR.
...
TU AS UNE IDÉE DE SON IDENTITÉ ?
JE N'EN SUIS PAS SÛR...
... ALORS...
... JE NE PEUX RIEN DIRE.
ZEN ?
DÉSOLÉ.
J'AI BIEN L'IMPRESSION...

... QUE JE ME FAIS FACILEMENT DES ENNEMIS.
N'EN FAIS PAS TROP, SHIRAYUKI !
JE M'EFFORCERAI DE NE PAS EN FAIRE TROP, OUI !
QUELLE RÉPONSE AMBIGUË ...!
IL Y A TANT DE CHOSES QUE J'IGNORE...
C'EST...
TAK
VOUS SORTEZ, MONSIEUR LE MARQUIS ?
OUI, JE RENTRE À MA RÉSIDENCE.
TAK
TAK
... LA PREMIÈRE FOIS QUE J'AI VU ZEN PARLER EN BAISSANT LA TÊTE.

IL N'EST PAS SÛR DE SON IDENTITÉ...
ET MOI, COMMENT VAIS-JE FAIRE POUR M'EN ASSURER ?
QUE FAITES-VOUS ?
TAK
C'EST... LUI...!?
SERVEZ-VOUS AU PALAIS ?
AH...
... NON ...
M'AS-SURER QUE C'EST LUI...
JE...

REGARD FIXE
... QU'EST-CE QU'IL Y A ?
...
COMMENT ÊTES-VOUS ENTRÉE DANS LE PALAIS ?
...
PAR LA PORTE DES POÈTES, GRÂCE À L'AUTORISATION D'UNE CERTAINE PERSONNE...
JE VAIS JUSTEMENT LA VOIR.
SI VOUS AVEZ DES SOUPÇONS À MON ÉGARD, POURQUOI NE VIENDRIEZ-VOUS PAS AVEC MOI ?
HIC
QUOI ...!?
PAR ICI.
TAP
TAP
ATTENDEZ !

JE VOUS AI DÉCOUVERTE ALORS QUE VOUS FAISIEZ INTRUSION DANS LE PALAIS.
JE NE VOUS LAISSERAI PAS ALLER PLUS LOIN.
VOUS ALLEZ DÉGUERPIR D'ICI TOUT DE SUITE !
ON NE PEUT PAS INVITER QUELQU'UN D'EXTÉRIEUR AU PALAIS SI ON N'EST PAS INFLUENT.
MAIS VOUS NE SEMBLEZ PAS ÊTRE D'UNE CONDITION...
... QUI VOUS PERMETTE DE VOUS FAIRE INVITER PAR QUELQU'UN DE TEL.
...!!
CET HOMME EST CONVAINCU DE CE QU'IL DIT.

"L'AUTORISATION DE SHIRAYUKI À ENTRER DANS LE PALAIS EST DÉFINITIVEMENT RÉVOQUÉE."
...
ALORS...
... SI, COMME VOUS L'AFFIRMEZ...
... JE N'AI PAS LE DROIT DE ME TROUVER ICI...
...!
JE N'AI PAS POSÉ LA QUESTION À ZEN, MAIS...
... IL M'A SUFFI DE LE RENCONTRER.
... EMPÊCHEZ-MOI D'ALLER PLUS LOIN EN ME FRAPPANT DE VOTRE ÉPÉE.
CES MOTS NE SONT PAS CEUX DE ZEN.

TAK...
TAK...
HE !
VA-T'EN, FILLETTE !
JE VAIS TE FRAPPER !
COMME VOUS VOULEZ.
JE N'AI PAS DIT ÇA POUR M'AMUSER, MARQUIS HARKA.
...
TCHAK

...!!
...
AVEZ-VOUS UNE iDÉE DE L'iDENTiTÉ DE CELUi QUi A DONNÉ CET ORDRE AU NOM DE ZEN ?
...
CLAP CLAP
パチパチ!
MAGNi-FiQUE !
!?

JE COMPRENDS QUE TU N'AIES PAS RECULÉ QUAND J'AI TIRÉ UNE FLÈCHE VERS TOI !
QUI... ÊTES-VOUS...?
HA ! HA ! HA ! HA ! NE T'INQUIÈTE PAS, JE NE TE FERAI RIEN !
PARCE QUE, MAINTENANT QU'ON M'A DÉCOUVERT, JE NE PEUX PLUS AGIR.
...!?
PUISQUE TOUTE FUITE SEMBLE IMPOSSIBLE, JE VAIS TOUT TE DIRE, DEMOISELLE AUX CHEVEUX ROUGES.
CELUI QUI A DONNÉ CET ORDRE ET QUI T'A ENVOYÉ UNE FLÈCHE AVEC UN TEXTE DE MENACE...
... CE N'EST PAS LUI, C'EST MOI !
EUH...
NE DIS PAS DE BÊTISES.

J'AI TOUT FAIT MOI-MÊME, EN PENSANT À L'INTÉRÊT DE SON ALTESSE.
JE N'AI JAMAIS RECOURU AUX SERVICES D'UN HOMME VULGAIRE COMME TOI.
IL EST TROP TARD POUR QUE JE CHERCHE UNE ÉCHAPPATOIRE, ET JE NE LE FERAI PAS.
VOUS ÊTES BIEN FIER POUR CERTAINS DÉTAILS SUBTILS...
TAK
JE SUIS D'ACCORD AVEC VOUS.
MON INTÉRÊT...
C'EST CE QUE VOUS AVEZ DIT, MARQUIS HARKA ?
QUOI !?
ZAM
ALTESSE !

OUI, TOUT EST COMME JE L'AI DIT.
VOUS AVEZ EU RECOURS À LA MAUVAISE MÉTHODE.
SELON LA TOURNURE QUE PRENDRONT LES CHOSES, NOUS RISQUONS D'AVOIR UN SCANDALE AU PALAIS !
OUI...
ZEN !
TU AS TOUT ENTEN-DU ?
QUAND J'AI TROUVÉ LE MARQUIS, IL AVAIT COMMENCÉ À PARLER AVEC TOI.
JE ME SUIS RETENU DE TOUTES MES FORCES POUR NE PAS INTERVENIR ! PARDONNE-MOI D'AVOIR ÉCOUTÉ AUX PORTES.
TU LUI AS RÉPONDU D'UNE FAÇON MAGNI-FIQUE...
FILLET-TE !
COMMENT OSES-TU TUTOYER SON ALTESSE ?
DITES, MARQUIS HARKA...
Même dans ces circons-tances, vous...
VOUS SAVEZ...
... JE NE PENSE PAS QU'IL SOIT MAUVAIS D'AVOIR DANS MON ENTOURAGE DES GENS QUI NE PLACENT PAS AU-DESSUS DE TOUT L'AUTORITÉ ET LE STATUT.

IL EST BON DE SAVOIR QU'IL EXISTE DIVERSES FAÇONS DE PENSER.
...
MARQUIS HARKA...
VOTRE TITRE DE NOBLESSE EST-IL IMPORTANT POUR VOUS ?
ZEN...
OUI.
ALORS, PRENEZ-EN LE PLUS GRAND SOIN...
...CAR JE NE VOUS LE PARDONNERAI PAS UNE SECONDE FOIS.
...
BIEN !

ET PUIS TOI !
L'AFFAIRE EST RÉGLÉE, N'EST-CE PAS, MAÎTRE ?
SOURIRE
にこー!
ああ Aah
QUI EST TON MAÎTRE ?
ÉCOUTE !
TU VAS DISPARAÎTRE DE MON CHAMP DE VISION...
TCHAK
ガッ
Je tombe !
NE SOYEZ PAS SI MÉFIANT !
JE NE TOUCHERAI PLUS À CETTE PETITE !
D'AILLEURS, ELLE ME PLAÎT.
JE PENSE QU'ELLE VOUS FERA DU BIEN.

Kiki, Mitsuhide ! Occupez-vous de ce type !
Com-pris !
ZYUNN
ぽいっ
Quoi ? Kiki et Mitsuhide sont en bas ?
Ah ! C'est vrai !
Je me demande qui est cet homme...
Tss ! Il a bien atterri !
Va savoir...
Bah, si je laisse ces deux-là s'occuper de lui, il n'y aura sans doute pas de problème.
Ne t'inquiète pas.
...
"J'ai bien l'impression que je me fais facilement des ennemis."
Bon !

ZEN...
HM ?
UN JOUR...
... MES COMPÉTENCES ME PERMETTRONT DE FRANCHIR LA PORTE PAR MOI-MÊME.
JE SERAI...
... TON ALLIÉE.
JE VEUX PRÉSERVER...
... LES HEURES PASSÉES AVEC UNE CERTAINE PERSONNE.
C'EST RÉCONFORTANT !

JE T'ATTENDRAI...
... DANS CE PALAIS.
JE SOUHAITE LUI ÊTRE UTILE.

CETTE VOLONTE ME POUSSERA DANS LE DOS ET ME GUIDERA POUR AVANCER.

Chapitre 4

JE SUIS NÉE...
... AVEC UNE CHEVELURE DE LA COULEUR D'UNE POMME ROUGE.
COMME C'EST RARE, LE PRINCE DE TANBARUN, LE PAYS OÙ JE SUIS NÉE ET OÙ J'AI GRANDI, M'A CHOISIE POUR ÊTRE SA CONCUBINE.
COMME JE REFUSAIS, J'AI QUITTÉ MON PAYS ET JE SUIS ARRIVÉE DANS UNE FORÊT SE TROUVANT DANS LE PAYS VOISIN. C'EST LÀ QUE J'AI RENCONTRÉ QUELQU'UN QUI M'A AIDÉE.
C'ÉTAIT ZEN, LE DEUXIÈME PRINCE DU ROYAUME DE CLARINESS.
DEPUIS, J'AI VU UNE VOIE À SUIVRE.

PÉRIODE D'EXAMEN POUR LES CANDIDATS SOUHAITANT DEVENIR APPRENTIS PHARMACIENS DE LA COUR...
CONVOCATION DANS LA SALLE BLEUE DU CONSEIL.
AH OUI...
C'EST AUJOURD'HUI QU'ILS SE RÉUNISSENT AU PALAIS...
"AH OUI" !?
POURTANT, TU N'ARRIVES PAS À TROUVER LE CALME DEPUIS QUELQUE TEMPS PARCE QUE ÇA TE PRÉOCCUPE, PAS VRAI, ZEN ?
HA-! HA! HA! HA!
ははは
QUOI QU'IL EN SOIT...
OÙ EST KIKI ?
HM ? ÇA...

JUSQU'À QUAND COMPTE-T-ELLE M'ABANDONNER ICI...
... AVEC TOI, MITSUHIDE ?
WAAH... うわっ
C'EST LA DEUXIÈME FOIS QUE TU DIS ÇA ! JE TE DÉRANGE DONC TANT ?
TU NE ME DÉRANGES PAS, VOYONS. TU ME DISTRAIS.
HAA ハア
TU ES BLESSANT...
ZEN !
SHIRAYUKI !?
BAM ばっ
AH ! あっ
STAK スタン
QU'EST-CE QUI SE PASSE ?
TU DOIS PASSER UN EXAMEN, NON ?
OUI. JE SUIS JUSTE VENUE TE DIRE UN PETIT BONJOUR !

DOMM
KiKi ! GÉNiAL ! TU AS PU LA RENCONTRER !
J'Ai GUETTÉ SON ARRiVÉE À LA PORTE.
COMME QUELQU'UN QUi VEUT COMMETTRE UN ENLÈVEMENT...
SOURiRE
ES-TU CALME ?
OUi !
... PLUTÔT ...!
Tiens ?!
"PLUTÔT"... MAiS...
KYUK

OUI !
GWW
...
...
TOUS LES CANDIDATS SE TROUVENT AU PALAIS PENDANT LA PÉRIODE D'EXAMEN, N'EST-CE PAS ?
OUI !
Nous logeons au palais !
JE ME DEMANDE CE QU'ILS VONT DEVOIR FAIRE À L'EXAMEN, PAS VRAI, ZEN ?
J'EN SAIS RIEN !

Bon !
EH BIEN, J'Y VAIS !
Oui !
Salle bleue du Conseil
JE SUIS LA PHARMACIENNE EN CHEF DU PALAIS DE WISTAR.
Enchantée.
JE M'APPELLE GARAKU.
LES PHARMACIENS DU PALAIS COMMENCENT PAR TRAVAILLER PRINCIPALEMENT EN QUALITÉ D'APPRENTIS.
CEUX QUI N'ONT PAS DE COMPÉTENCES POUR S'OCCUPER DU JARDIN DES PLANTES MÉDICINALES ET GÉRER LE MAGASIN SERONT REFUSÉS.
Quoi !?
CES POINTS SERONT ÉVALUÉS AU COURS DE L'EXAMEN.
PENDANT TROIS JOURS, CHACUN D'ENTRE VOUS SE VERRA CONFIER L'UN DES PETITS JARDINS MÉDICINAUX QUI SE TROUVENT DANS L'ENCEINTE DU PALAIS.
VOUS DEVREZ GÉRER ET PROTÉGER LES PLANTES ET LEUR ENVIRONNEMENT DANS LE JARDIN !
PENDANT CE TEMPS, ON VIENDRA SURVEILLER VOTRE TRAVAIL... ET ENSUITE, VOUS REMETTREZ UN RAPPORT DE VOS OBSERVATIONS !
LES DÉTAILS SONT EXPLIQUÉS DANS CES DOCUMENTS.

*AKEGISHIGURE : NOM D'UNE PLANTE MÉDICINALE.
**YUUNAKI : NOM D'UNE PLANTE MÉDICINALE.

Troisième jardin médicinal
OH !
C'EST PLUTÔT GRAND !
PLASH
PLASH
cette structure permet l'arrosage grâce à une conduite d'irrigation...
waouh !
... ON APERÇOIT LE PALAIS...
c'est normal, mais...
BON !

TU AS VU SHIRAYUKI DANS LE JARDIN ?
SKLING
OUI ! QUAND J'EFFECTUAIS MA RONDE !
Waah
IL Y AVAIT PLUSIEURS AUTRES PERSONNES AVEC ELLE DU CÔTÉ DU CHEMIN MENANT À L'ÉTANG FLEURI.
MOI, J'AI COMPRIS QUE C'ÉTAIT Mlle SHIRAYUKI DÈS QUE JE L'AI VUE !!
Soldat
TRÈS BIEN.
KLING
AH ...
ELLE TRAVAILLE PEUT-ÊTRE DANS UN JARDIN MÉDICINAL ?
OUI ?
TAK
TAK
SHIRAYUKI SE TROUVE DANS L'ENCEINTE DU PALAIS...
... MAINTENANT AUSSI.

Chapitre 4

En écrivant ce chapitre, j'ai effectué des recherches multiples, en me plongeant par exemple dans la lecture d'encyclopédies illustrées des plantes médicinales (ce qui était intéressant), et je me suis rendu compte avec stupéfaction de la difficulté du parcours à suivre pour devenir pharmacien au Japon.

Cela prend plusieurs années...

Quand j'ai raconté à ma responsable que j'avais lu plusieurs articles traitant des activités des pharmaciens à l'étranger, elle a été terriblement surprise à son tour : "En anglais !?"
Moi, c'est plutôt son étonnement qui m'a surprise.
Non. En japonais.

Je ne lis pas l'anglais...
Et il m'arrive de ne pas parvenir à lire certains idéogrammes japonais...
Pardon.

J'aime bien dessiner des tonneaux.

Bon terreau

J'AVAIS REMARQUÉ QU'IL Y AVAIT DE LA LUMIÈRE...
... ET QU'EST-CE QUE JE VOIS ?
ALORS QUE LE JOUR N'EST PAS ENCORE LEVÉ, ELLE EST LÀ TOUTE SEULE ?
FRAFF...
!
QUI VA LÀ ?
SILENCE
...

ZEN ?
Ah !
...
... SALUT, SHIRAYUKI !
TAP TAP
たたっ
Tu m'as surprise !
QU'Y A-T-IL ?
TCHAK
ピシャーン！
AH ! ATTENDS ! NE T'APPROCHE PAS DE L'EXTÉ...
GATCHAK !
GATCHAK !
!?
"GATCHAK" !?
QUOI...?
...!! LA CLÉ !
La porte ne s'ouvre pas !
KLANG KLANG
QU... QU'EST-CE QUI SE PASSE ...!?

...
NOUS NOUS SOMMES FAIT ENFERMER.
ENFERMER...!?
AS-TU UNE IDÉE DE QUI IL PEUT S'AGIR ? PERSONNE NE T'A FAIT VENIR ICI ?
Je pose la question au cas où...
EUH ? NON, PERSONNE NE M'A DEMANDÉ DE VENIR.
JE SUIS EN TRAIN DE PASSER MON EXAMEN ICI.
!?
À UNE HEURE PAREILLE !?
JE COMPRENDS... C'EST CE GENRE D'EXAMEN...
J'IGNORE QUI A FAIT ÇA, MAIS IL SAVAIT SANS DOUTE EN QUOI CONSISTAIT L'EXAMEN...!
IL Y AURA UNE TOURNÉE D'INSPECTION LE MATIN.
NOUS N'AVONS QU'À ATTENDRE JUSQUE-LÀ, ET ON NOUS OUVRIRA LA PORTE...
KRIII KRIII KRIII

SI ON APPREND QUE TU TE TROUVAIS EN MA COMPAGNIE PENDANT L'EXAMEN...
... CE SERA MAUVAIS POUR TOI, NON ?
Tiens
AU FAIT, ZEN...
KLONG
HM ?
ça ne marche pas !
QU'EST-CE QUI T'A AMENÉ ICI ?
EUH !?

EH BIEN... MES PAS M'ONT MENÉ JUSQU'ICI, C'EST TOUT...
JE N'IMAGINAIS PAS TE TROUVER !
AH BON !
J'AI AGI...
... SANS RÉFLÉCHIR.
MAIS TOI, SHIRAYUKI...
... JUSQU'À QUAND COMPTES-TU RESTER ICI ?
TOMP
DORS-TU SUFFISAMMENT ?
OUI, J'AI DORMI...
TAK
DE TEMPS EN TEMPS, TU ESSAIES DE T'EN SORTIR EN RIANT, HEIN ?
Non !
CE SERAIT DOMMAGE DE DORMIR ALORS QUE JE PEUX ÊTRE DANS CE JARDIN MÉDICINAL.
HUUM...
ET PUIS, IL Y A DES CHOSES QU'ON NE PEUT VOIR QUE LA NUIT...
HM...!?
?

QU'EST-CE QU'IL Y A ?
C'EST BIZARRE... JUSQU'À IL Y A UN INSTANT À PEINE, CETTE PLANTE ÉTAIT DIFFÉRENTE...
CETTE PLANTE MÉDICINALE A DES FLEURS QUI NE S'OUVRENT ET NE SE TOURNENT VERS LE HAUT QUE LA NUIT, JUSQU'AU MATIN.
MAIS EN FAIT, LES FLEURS BAISSENT LA TÊTE, N'EST-CE PAS ?
PLOC
L'EAU COULE BIEN SOUS LES PLANTES...
ET LEUR ENVIRONNEMENT EST NORMAL... POURTANT LES FLEURS ONT PERDU LEURS FORCES...!?
L'EAU...
GLOUPS
Oh !
Mais c'est qu'elle l'a bue !
...!!
C'EST SUCRÉ...!?
L'EAU ?
TAP
TAP

ICI, L'EAU EST NORMALE...
TOMP
TOMP
HÉ ! SHIRAYUKI !?
TOMP
...
UNE SUBSTANCE TOXIQUE COULE DANS LA CONDUITE D'IRRIGATION.
UNE SUBSTANCE TOXIQUE !?
ET TU L'AS BUE !?

CE...
CE N'EST RIEN.
ELLE N'AFFECTE PAS...
... L'HOMME.
AH BON...?
IL NE FAUT PAS ME FAIRE DES FRAYEURS PAREILLES !
Pff...
PARDON !
ET ? QUELLE EST CETTE SUBSTANCE ?
AH...
VOILÀ...
C'EST UNE SUBSTANCE QUE POSSÈDENT CERTAINS ARBRES ET CERTAINES PLANTES MÉDICINALES.
ELLE A UN GOÛT QUI RESSEMBLE À CELUI DU NECTAR.

JE PENSE QUE C'EST ÇA QUI EST MÉLANGÉ À L'EAU.
ÇA VIENT D'UNE PLANTE QUI SE TROUVE DANS CETTE SERRE ?
NON...
... PARCE QU'IL N'Y A PAS ICI DE PLANTE COMPORTANT CETTE SUBSTANCE...
Alors, ça vient d'où, hein ?
L'EAU EN HAUT N'A PAS CE PROBLÈME...
... CELA VIENT DONC DU BAS...?
UNE PLANTE PRODUISANT UNE SUBSTANCE TOXIQUE...
TAK
TAK
TAK
TAK
SE POURRAIT-IL...
... QUE CES PLANTES NE SOIENT PAS DES AKEGISHIGURE MAIS DES YURASHIGURE ?

AH !?
TCHIK
SI LA RACINE EST SUCRÉE...
CROC
!
CE SONT DES YURASHIGURE !
TU AS TROUVÉ ?
OUI...
LES YURASHIGURE ET LES AKEGISHIGURE SONT DES PLANTES DIFFICILES À DIFFÉRENCIER TANT QU'ELLES NE FONT PAS DE FLEURS...
... POURQUOI...?
ÇA VA ?
CES YURASHIGURE SONT CULTIVÉES DANS UN ENVIRONNEMENT QUI CONVIENT À LA FLORAISON DES AKEGISHIGURE.
J'AI ÉTÉ IMPRUDENTE...
J'ÉTAIS PERSUADÉE QUE C'ÉTAIENT DES AKEGISHIGURE.
AUTREMENT DIT, ON LES FAIT POUSSER D'UNE FAÇON INAPPROPRIÉE ?

TAK
QUAND L'ENVIRONNEMENT DES YURASHIGURE EST MODIFIÉ...
... ELLES PRODUISENT UNE SUBSTANCE TOXIQUE DANS LEURS RACINES SANS FLEURIR.
C'EST CETTE SUBSTANCE QUI PASSE DE LA TERRE DANS LA CONDUITE D'IRRIGATION.
SI JE NE FAIS RIEN...
... LES YURASHIGURE ET LES AUTRES PLANTES MÉDICINALES VONT FINIR PAR FANER.
C'EST GRAVE, DIS-MOI !
TAK
JE DOIS FAIRE VITE SINON ÇA VA EMPIRER...
...
ZEN !
FERME LA CONDUITE D'ICI À LÀ-BAS !
MOI, JE VAIS TOUTES LES REPLANTER !

TU ES SÛRE ?
SI JE T'AIDE, ÇA AURA PEUT-ÊTRE DES CONSÉQUENCES SUR TON EXAMEN, NON ?
OUI !
JE VAIS FAIRE CE QUI EST EN MA MESURE ET LE PLUS IMPORTANT...
... MAINTENANT.
NE PENSES-TU PAS QUE CELA VA RENDRE ENCORE PLUS ÉTROITE LA VOIE QUE TU AS CHOISIE ?
J'AI DÉCIDÉ...
... DE SUIVRE DANS CE PAYS LA VOIE QUI ME PERMETTRAIT D'ÊTRE L'ALLIÉE DE ZEN.
DU MOMENT QUE JE SAIS OÙ JE VAIS...
... ÇA IRA.

IL Y A UNE VOIE POUR MOI !
CAR TU M'AS DONNÉ JUSQU'À PRÉSENT...
... ÉNORMÉMENT DE FORCE, ME PERMETTANT...
... DE REGARDER DROIT DEVANT MOI, ZEN.
C'EST TOUT TOI...
... ÇA !

C'EST D'ACCORD...
... MADEMOISELLE LA PHARMACIENNE.
KLONK
KLONK
ZAM
OÙ EST LA NOUVELLE TERRE ?
Là ?
OUI.
C'EST UN MÉLANGE QUI CONVIENT AUX PLANTES MÉDICINALES.
ELLES DEMANDENT BEAUCOUP DE SOINS, DIS DONC...
LES YURASHIGURE DOIVENT ÊTRE DÉPLACÉES INDIVIDUELLEMENT DANS UN ENDROIT À L'OMBRE.
Scritch
Ah !
SHIRAYUKI ! ÇA DÉBORDE !
DAM
AAH ! C'EST PARCE QUE LA VANNE PRINCIPALE SE TROUVE À L'EXTÉRIEUR...!

SPLASH
ザー
HOP
せか
せか
HOP
GARARANG...
MADAME LA PHARMACIENNE EN CHEF ! BONJOUR !
BONJOUR...
POURQUOI SON ALTESSE EST-ELLE ENFERMÉE DANS LA SERRE ?
ÉPUISÉ
ぐでー
JE VOUS L'EXPLIQUERAI PLUS TARD.
ET POURQUOI CE DÉSORDRE ?

J'AI APPORTÉ QUELQUES MODIFICATIONS POUR QUE LES YURASHIGURE FLEURISSENT.
TU AFFIRMES...
... QUE CES PLANTES SONT DES YURASHIGURE ?
OUI !
AH...
TU AS ÉGALEMENT REPLANTÉ D'AUTRES VÉGÉTAUX...
ET CE EN UNE SEULE NUIT...
T'ES-TU FAIT AIDER PAR SON ALTESSE ?
...

OUPS
OUI, CAR CE SONT DES PLANTES PRÉCIEUSES QUI POURRAIENT UN JOUR SAUVER LE PRINCE.
EN TOUT CAS, J'AI COMPRIS CE QUI S'EST PASSÉ.
CETTE NUIT, UN SOLDAT A PRIS UN CANDIDAT POUR UN INTRUS.
C'EST PEUT-ÊTRE CE CANDIDAT QUI VOUS A ENFERMÉS.
!!?
VOUS ÊTES SÛRE ?
En faisant croire que tu avais fait venir un étranger...
COMME LES PLACES SONT CHÈRES, IL A PEUT-ÊTRE VOULU ÉLIMINER QUELQU'UN ?
ME PERMETTEZ-VOUS DE M'OCCUPER DE CETTE AFFAIRE ?
SI L'HOMME APPREND QU'IL S'AGISSAIT DU PRINCE, IL RISQUE DE S'ÉVANOUIR !

C'ÉTAIT QUELQU'UN AVEC DES CHEVEUX ATTACHÉS DESCENDANT JUSQU'AUX FESSES.
IL PORTAIT UN HABIT AVEC UN LONG REVERS.
JE VOUS REMERCIE.
ATTENDEZ ! JE VOUS AI DIT QUE C'ÉTAIT MOI QUI ÉTAIS ENTRÉ ICI DE MA PROPRE INITIATIVE, NON ?
VOTRE POSITION NOUS EMPÊCHE DE TROUVER QUOI QUE CE SOIT À REDIRE...
... QUAND VOUS PRENEZ DES INITIATIVES, VOTRE ALTESSE.
VOUS N'AVEZ QU'UN MOT À DIRE...
... ET NOUS ACCUEILLERONS SANS RÉSERVE VOTRE AMIE COMME PHARMACIENNE DU PALAIS.
QUANT À TOI...
... TU DOIS CHOISIR AVEC DISCERNEMENT LES MOMENTS ET LES ENDROITS OÙ TU FRÉQUENTES SON ALTESSE.
OUI.
JE SUIS DÉSOLÉE.

ET CETTE FILLE NE REMETTRAIT PLUS LES PIEDS AU PALAIS !
JE NE VEUX NULLEMENT M'ATTIRER SES FOUDRES !
FAITES-LE, POUR VOIR !
C'EST UN HONNEUR POUR MOI !
PFFF
ぷは
HA ! HA ! HA ! HA ! HA !
!?
はっはっはっは
HA HA HA HA HA
...
EN TOUT CAS...
... JE VOUS LAISSE JUGER VOUS-MÊME DE CETTE AFFAIRE, MADAME LA PHARMACIENNE EN CHEF.

CET EXAMEN AVAIT POUR BUT D'ÉVALUER LES CAPACITÉS DES CANDIDATS À DÉTECTER UN PHÉNOMÈNE ANORMAL...
... MAIS JE N'AURAIS JAMAIS PENSÉ QUE CELA IRAIT SI LOIN !
QUOI QU'IL EN SOIT...
HI HI HI
ARRÊTEZ, CHEF.
Vous me faites peur !
INSOLENT !
C'EST DONC ELLE...
... Mlle SHIRAYUKI AUX CHEVEUX ROUGES DONT LES SOLDATS PARLENT TANT.
Shirayuki
L'EXAMEN, QUI DEVAIT CONTINUER ENCORE, S'EST TERMINÉ LÀ...
IL NE RESTE PLUS QU'À ATTENDRE LES RÉSULTATS DE LA SÉLECTION ?
Mitsuhide
OUI !
Ah bon !
POURVU QUE TU SOIS CHOISI AUSSI, ZEN !
PUISQUE JE VOUS DIS QUE... VOUS ÊTES PÉNIBLES, TOUS LES DEUX !
comme tu es resté jusqu'au matin dans la serre...
MAIS NOUS NOUS SOMMES FAIT DU SOUCI !
AU FAIT, SHIRAYUKI, LA FAMEUSE PLANTE DE LA SERRE...
Quel maître problématique...!
Il se tiendra tranquille pendant quelque temps, tu vas voir.

Shirayuki aux cheveux rouges 1 — fin

UN MOIS D'AOÛT AUX COULEURS DES QUATRE SAISONS

Je suis arrivée !
HAA !
DÉCIDÉMENT, L'AIR MATINAL EST AGRÉABLE !
ZAAANNNN
AAH !
IL S'EST ENVOLÉ !!
MAIS QU'EST-CE QUE TU FAIS, À LA FIN ?
HM ?
UN CHAPEAU...
FLAP
TCHAK
ぱしっ
ET VOILÀ !
AH !
QUEL-QU'UN L'A RATTRAPÉ !
Aaaahh
わたたたたた
WAAh !
...
ON DIRAIT QU'ELLE VA TOMBER !

SHRL...
PLASSH
ばしゃっ
WA WAAAH !?
VOILÀ !
TU NE RISQUES PLUS RIEN !
TCHAK
ス。
ポ
...
EUH ?
ÇA VA POUR TES SANDALES ?
ELLES VONT SÉCHER ?
OUI, PAS DE PROBLÈME ! COMME IL FAIT BEAU, ELLES SÉCHERONT TOUT DE SUITE !

* TELLINE : COQUILLAGE BIVALVE SOUVENT DE COULEUR ROSE.
** HARUKI SIGNIFIE "ARBRE DE PRINTEMPS", FUYUMI, "FRUIT D'HIVER", ET NATSU, "ÉTÉ".

AU FAIT, ET TOI ?
COMMENT T'APPELLES-TU ?
AH...
JE M'APPELLE HAZUKI SAKINOMIYA.
HAZUKI SAKINOMIYA ?
C'EST LONG !
Ah
SAKINO-MIYA...
Mlle SAKINO-MIYA...
HMM...
?
Bon !
ALORS, VA POUR "AKI"* !
NOUS T'APPELLERONS AKI !
D'AILLEURS, TES CHEVEUX SONT VAPOREUX ET LÉGERS COMME DES GRAMINÉES D'AUTOMNE !
* AKI : AUTOMNE.
EUX, C'EST HARU ET FUYU...
...
... ET, PAR CONSÉQUENT...
... MOI, JE SUIS NATSU...

... TOi, TU ES AKi !
NON ?
...
OU...
OUi...!
Bon ! Aujourd'hui aussi on va jouer comme des fous, les enfants !
Waah
iL S'APPELLE YŪTO KOMATSU...
Il est descendu.
"MOi, JE SUIS NATSU...
... ET TOi, TU ES AKi !"
...
NATSU...
... DiS...

Un mois d'août aux couleurs des quatre saisons

C'est une histoire en un épisode, ma deuxième création après mes débuts. Elle date de 2003.

Les... les coupes de cheveux...

L'idée m'est venue d'un rêve que j'ai fait, dans lequel un garçon à vélo évitait de peu de percuter une jeune fille, sur une rue en pente d'où l'on apercevait la mer. Je me suis dit : "Bon ! Je vais partir de là" et je me suis mise à dessiner.

À mesure que je dessinais, la rue en pente et le vélo ont disparu, et les deux garnements sont apparus. Tiens...!?

J'ai dessiné avec plaisir ce garçon et cette fille qui s'amusaient à la mer. J'avais envie de rendre au mieux l'image de la mer.

Le fait que cette histoire est reprise dans ce volume me rend heureuse, mais me désole aussi du fait que je n'arrivais pas à transmettre habilement le mouvement.

Immobilité

J'espère que vous prendrez plaisir à la lire.

* RAMUNE : BOISSON GAZEUSE CONSOMMÉE SURTOUT EN ÉTÉ. LE GOULOT EST OBTURÉ PAR UNE BILLE QU'IL FAUT ENFONCER DANS LA BOUTEILLE POUR VERSER LA LIMONADE. IL EST TRÈS DIFFICILE DE FAIRE SORTIR LA BILLE DE LA BOUTEILLE.

ROU-GE...
ROUGE...
Violet
vert
LEQUEL EST LE ROUGE...?
OH... AH... CE N'EST PAS ÇA, C'EST "BLEU"...
...?
HARUKI, TU NE PENSES PAS QUE TU ES ENCORE UN PEU TROP PETIT POUR AVOIR UNE BOÎTE DE 24 COULEURS ?
Euh ?
MAIS YOSHI EN A UNE DE 36 COULEURS, TU SAIS !
YOSHI ? C'EST QUI ?
AH !
LE VOILÀ !
"ROUGE"
...
NATSU...?

GATCHAK
ガチャ
Toc Toc
SOEU-RETTE ! TU NE VEUX PAS MANGER UNE GLACE ?
ひょっ
Hop
Si !
TU PROFITES BIEN DE TES VACANCES D'ÉTÉ ?
OUI ! BIEN SÛR !
AH BON...
MOI, JE PASSE MES JOURNÉES À LIRE DES LIVRES DE RÉFÉRENCE ! JE N'AI PAS UNE MINUTE À MOI !
ce n'est rien !
SI TU ES ADMIS À L'UNIVERSITÉ, TU POURRAS AVOIR TOUT DE SUITE UNE PETITE AMIE, MÊME DEUX, SI CE N'EST PAS TROIS !
UNE SUFFIRAIT... J'EN VOUDRAIS UNE MAINTE-NANT !
MAIS JE SUIS UN PEU ENNUYÉE...
HM...
FAFF
?
JE NE PENSAIS PAS QUE JE PASSERAIS...
... UN ÉTÉ SI AGRÉABLE.
QUOI ?

FUYUMI ET HARUKI NE SONT PAS LÀ AUJOURD'HUI ?
NON... ILS SONT ALLÉS S'AMUSER AVEC DES AMIS DE LEUR ÉCOLE.
Ils auraient pu me prévenir !
MAIS...
...
... ALORS...
AKI ? QU'EST-CE QU'IL Y A ?
EUH...
AH... EH BIEN...
LE FAIT DE NOUS RETROUVER À DEUX...
... me...
... ME REND UN PEU NERVEUSE...
VOILÀ...
...
TCHAK
!?
NATSU !?
QU'EST-CE QUI T'ARRIVE ?
HE !!
...
Il est curieusement embarrassé.

ZAAANNN
ALORS...
FINALEMENT, NOUS SOMMES REVENUS À L'ENDROIT HABITUEL... JE NE SAIS PAS TROP QUOI EN PENSER...
AUJOURD'HUI, C'EST AGRÉABLE AVEC CE VENT !
IL FAIT TOUT DE MÊME CHAUD.
Ha Ha Ha
JE N'AIME PAS BEAUCOUP LA CHALEUR...
... MAIS J'AIME L'ÉTÉ, PARCE QUE, EN CETTE SAISON, LA MER ET LE CIEL SONT BEAUX !
DIS, AKI...
OUI ?
À QUOI RESSEMBLE... LA COULEUR DU CIEL ET DE LA MER ?

EST-CE EN ÉTÉ QU'ELLE EST LA PLUS BELLE ?
"LEQUEL EST LE ROUGE...?"
...
EN FAIT, JE NE DISTINGUE PAS LES COULEURS.
JE NE SUIS PAS LE SEUL. IL PARAÎT QUE D'AUTRES PERSONNES SONT COMME ÇA DE NAISSANCE.
COMME J'IGNORE À QUOI RESSEMBLE LE MONDE EN COULEURS, JE NE PEUX MÊME PAS L'IMAGINER.
MAIS... EN FAIT...
JE PENSE QUE LES PAYSAGES QUE VOIENT LES AUTRES ET QUE TU VOIS, AKI, SONT PLUS BEAUX QUE CEUX QUE JE VOIS.
C'EST POUR ÇA...
... QUE JE ME DEMANDE SI LE FAIT...
... QUE JE NE POSSÈDE PAS CETTE PERCEPTION FAIT DE MOI UN ÊTRE PLUS TERNE QUE LES AUTRES.

DIS, AKI...
EST-CE QUE TU T'AMUSES BIEN EN ÉTANT EN MA COMPAGNIE ?
OUI !
BIEN SÛR !!
KYUK
ぐっ
PARCE QUE, NATSU...
... SI JE M'AMUSE TANT CET ÉTÉ...
... C'EST PARCE QUE...
... TU ME FAIS PENSER À LA COULEUR DU CIEL ET DE LA MER !

QUAND JE LA VOIS, JE SOURIS INVOLONTAIREMENT...
... ET JE ME SENS BIEN...
C'EST UNE COULEUR TERRIBLEMENT BELLE.
LE CIEL ET LA MER...
... ÉTINCELLENT COMME TOI, NATSU.
SI JE SOUHAITE TANT QUE L'ÉTÉ NE PASSE PAS...
ÉTINCELER...
ÇA, JE PEUX COMPRENDRE CE QUE C'EST.
... C'EST SÛREMENT...

... SÛREMENT...
JE LE COMPRENDS...
... EN TE VOYANT, AKI.
... PARCE QUE J'AI DÉCOUVERT SON ÉCLAT.
WARAB
8 AUGUST
SAT
2
9
16
MAIS...

AAH...
ZUT ! JE NE SAIS PAS !
LES VESICULES SYNAPTIQUES... LA MEMBRANE DE REISSNER... LA TROMPE D'EUSTACHE... ET PATATI ET PATATA...
POURQUOI FAUT-IL FAIRE DES DEVOIRS DE VACANCES PUISQUE CE SONT LES VACANCES ?
HEIN, AKI ?
...
DiS !?
Ne me laisse pas parler tout seul !
EUH ?
AH ! QUOI ?
TU ES UN PEU BIZARRE AUJOURD'HUI !
TU ES DANS LA LUNE... TU TE SENS MAL ? ÇA VA ?
AH ! OUI, ÇA VA !
ALORS, TANT MIEUX...

DIS, NATSU...
HM ?
TU SAIS, JE...
... NE POURRAI PLUS M'AMUSER AVEC TOI À PARTIR DE LA SEMAINE PROCHAINE.
QUOI...?
JE VAIS DÉMÉNAGER !
À PARTIR DU DEUXIÈME SEMESTRE, J'IRAI AU LYCÉE DE L'ENDROIT OÙ NOUS ALLONS NOUS INSTALLER.
ALORS, JE DOIS EMMÉNAGER DANS MA NOUVELLE MAISON AVANT LA FIN DES VACANCES D'ÉTÉ.
C'EST LOIN ?
OUI, C'EST UN PEU LOIN...
C'EST POURQUOI CET ÉTÉ, CE SERA LA DERNIÈRE FOIS QUE JE VERRAI LA MER ICI.
L'ÉTÉ PROCHAIN...

CET ÉTÉ...
MÊME SI NATSU REVIENT ICI, MOI, JE NE SERAI PLUS LÀ.
... EST LE DERNIER.
...
HUUM...
... NOUS NE POURRONS PLUS NOUS VOIR.
...
AKI...

NE PLEURE PAS !
...
C'EST CONTAGIEUX.
L'ÉTÉ...
... VA FINIR.

NE FAITES PAS DE BRUIT !
Je coupe le courant !
Mmm
むう
VOUS N'AVEZ QU'À VOUS AMUSER ENCORE PLUS AUJOUR-D'HUI !
BON, D'ACCORD...
ALORS, ALLONS À LA PLAGE AUJOUR-D'HUI AUSSI !
D'ACCORD, GRANDE SOEUR AKi ?
Mais pourquoi aimes-tu tant la mer ?
...
Euh...
えーと...
POUR-QUOi !?
POURQUOi C'EST LA DERNIÈRE FOIS QUE TU JOUES AVEC NOUS, GRANDE SOEUR AKi !!?
ce sont les vacances d'été !!!
Puisque j'ai pu passer des vacances si amusantes, ça va.
ÇA VA.
JE N'AI PAS DE REGRETS...
C'EST PARTi !
ZAAANNN

JE M'EN CHARGE, NATSU ! JE VAIS L'ATTRAPER !
D'AC-CORD...
Pourquoi joue-t-on au base-ball à quatre à la mer ?
WHUMM
TU POURRAIS AU MOINS RENVOYER LA BALLE DE FUYUMI...!
Où est la balle ?
Elle n'est plus là !
Ah !?
GRANDE SOEUR AKI ! GÉNIAL !!
Hé Hé Hé
ALORS QUOI ? TU ES NÉGLIGENT, GRAND FRÈRE NATSU !
Tais-toi !

GRAND FRÈRE NATSU...
ACHÈTE-NOUS DES LIMO-NADES...
JE N'AI PAS PRIS D'ARGENT AVEC MOI !
Ils ont trop fait les fous.
QUOI ? MAIS J'AI CHAUD !
Ça va, Aki ?
...
PETITS SOTS ! CETTE CHALEUR AUSSI, C'EST UN CADEAU DE L'ÉTÉ !
FAITES PREUVE DE GRATI-TUDE !
UN CADEAU DE L'ÉTÉ ?
Aah... Je suis fourbu...
OUI !

DE MÊME QUE LA LUMIÈRE DU SOLEIL...
... ET AUSSI, SÛREMENT...
... LES PLANTES, LES FLEURS ET LES ARBRES PLEINS DE FRAÎCHEUR...
... AINSI QUE LE CIEL ET LA MER QUI ÉTINCELLENT.
TOUT EST UN CADEAU !
VOUS AIMEZ L'ÉTÉ TOUS LES DEUX, NON ?
OUI ! ON ADORE L'ÉTÉ !
ET TOI, GRAND FRÈRE NATSU ?
C'EST L'ÉTÉ QUE TU PRÉFÈRES ?
ON DIRAIT VRAIMENT QU'ILS SONT FRÈRES ET SŒUR !
HM...?

VOYONS...
MOi, J'AiME L'ÉTÉ, LE PRiNTEMPS, L'AUTOMNE ET L'HiVER, MAiS...
...
J'AiME SURTOUT L'AUTOMNE.

JE SUIS...
... TOMBÉ AMOUREUX DE L'AUTOMNE !
L'AU-TOMNE ?
POUR-QUOI ?
HA HA
JE ME LE DEMANDE...
...
DE MÊME QUE LA LUMIÈRE DU SOLEIL, LES PLANTES, LES FLEURS ET LES ARBRES PLEINS DE FRAÎCHEUR...
... AINSI QUE LE CIEL ET LA MER QUI ÉTINCELLENT.
C'EST UN CADEAU DE L'ÉTÉ.

CE SENTIMENT AUSSI...
AU REVOIR, HARUKI ET FUYUMI !
REVIENS T'AMUSER AVEC NOUS L'ÉTÉ PROCHAIN, GRANDE SOEUR AKI, PROMIS ?
OUI !
AAH... BIENTÔT LE NOUVEAU SEMESTRE...
CETTE ANNÉE, LES VACANCES D'ÉTÉ ONT PASSÉ TERRIBLEMENT VITE...
AH...
QU'EST-CE QU'IL Y A ?
TU RESTES PLANTÉE LÀ ?
AH... CE N'EST RIEN...

JE VAIS DEVOIR RENTRER...
QUE FAIRE ? MES PIEDS NE...
VLAM
MAIS...
... SI JE RENTRE...
... CE SERA VRAIMENT FINI.
...
AKI !?
AH... C'EST BIZARRE...
...
JE SAIS BIEN...
NATSU...
HM !?
... QUE JE N'AI PAS...
... LE CHOIX...
EUH...
TU NE VEUX PAS QU'ON AILLE ENCORE UNE FOIS VOIR LA MER ?

LA MER ?
Maintenant ?
MOI, JE VEUX BIEN, MAIS C'EST DANS LA DIRECTION OPPOSÉE À CELLE DE CHEZ TOI...
AKI...
AH... DÉSOLÉE !
J'AI DIT ÇA COMME ÇA, NE FAIS PAS ATTENTION...
DIS...
COMPTES-TU T'AMUSER AVEC NOUS CETTE ANNÉE UNIQUEMENT ?
MAIS... JE VAIS DÉMÉNAGER...
MÊME SI TU DÉMÉNAGES, TU PEUX REVENIR ICI !
MÊME MOI, JE SUIS BIEN VENU ICI ALORS QUE J'HABITE LOIN !
...
MAIS...

J'AI PENSÉ QUE SI JE DISAIS QUE JE VOULAIS REVENIR ICI...
... ÇA TE DÉRANGERAIT...
C'EST SI TU NE REVIENS PAS QUE ÇA ME DÉRANGERA !
SINON...
... NOUS NE POURRONS PLUS NOUS VOIR, NON ?
C'EST CE QUE JE PEN-SAIS...
... TES CHEVEUX SONT TOUT DOUX !
JE ME DISAIS QUE, SI JE SAVAIS À QUOI RESSEMBLAIT CE PAYSAGE QUI S'ÉTEND À PERTE DE VUE...
... S'IL AVAIT DES COULEURS...
... JE N'AURAIS PEUT-ÊTRE PAS L'IMPRESSION D'ÊTRE PLUS TERNE QUE LES AUTRES.
TU SAIS...
... DEPUIS TRÈS LONG-TEMPS...
... J'AI ENVIE DE CONNAÎTRE LA COULEUR DU CIEL ET DE LA MER.

MES PARENTS ET MES AMIS M'ONT DIT QUE LE CIEL ET LA MER ÉTAIENT BLEUS, MAIS...
COMME J'IGNORE À QUOI RESSEMBLE LE BLEU, CELA NE M'A SERVI À RIEN.
MAIS TOI, AKI...
"TU ME FAIS PENSER À LA COULEUR DU CIEL ET DE LA MER !"
"LE CIEL ET LA MER...
... ÉTINCELLENT COMME TOI, NATSU."
...
SNIF...
... AKI...
TU PEUX TE LEVER ?
AH... OUI !
MAINTENANT, ÇA... VA.

JE SUIS CONTENT D'AVOIR PU TE RENCONTRER AVANT QUE TU NE QUITTES CET ENDROIT.
SI JE NE T'AVAIS PAS RENCONTRÉE CET ÉTÉ...
... JE N'AURAIS...
... JAMAIS RIEN PU SAVOIR.
JE SUIS HEUREUX...
... QUE TU AIES BIEN VOULU PASSER CET ÉTÉ AVEC MOI, AKI.

... NATSU...
HM ? QUOI ?
VOILÀ...
TU AS DIT... ... QUE LA LUMIÈRE DU SOLEIL, LES ARBRES... LE CIEL ET LA MER...
... ÉTAIENT TOUS DES CADEAUX DE L'ÉTÉ... MAIS...
... POUR MOI...
... TOUT CET ÉTÉ ÉTAIT UN CADEAU...

UN CADEAU QUE TU M'AS FAIT, NATSU.
ENSUITE...
... ALORS QUE LE CIEL ÉTAIT ENCORE D'UN BLEU INTENSE...
... J'AI QUITTÉ LA MER.
SI NOUS ALLIONS EN CLASSE, SAKINOMIYA ?
OU... OUI !

SLAP... SLAP...
"SAKINO-MIYA"...
ÇA ME FAIT TOUT DRÔLE...
JE ME SUIS HABITUÉE À ÊTRE APPELÉE AKI !
MAIS QUAND L'ÉTÉ PROCHAIN SERA LÀ, QUELQU'UN M'APPELLERA DE NOUVEAU AKI.
CETTE SEULE PENSÉE ME REND TERRIBLEMENT HEUREUSE.
Qu'est-ce qu'il a, Komatsu ?
C'EST PAS POSSIBLE...
Ce sont les vacances qui l'ont abruti !
Mais tu sais, Natsu...
... J'AIMERAIS ÊTRE TOUT LE TEMPS...
GARARANG
ガララ..
BIEN, REGAGNEZ VOS PLACES.
JE VAIS VOUS PRÉSENTER VOTRE NOUVELLE CAMARADE.
SAKINOMIYA VA D'ABORD VOUS DIRE QUELQUES MOTS POUR SE PRÉSENTER...
2-3
SAKINO-MIYA ?

BLA ザワ
?
QUOI ?
une fille ! ♥
QU'EST-CE QU'IL Y A ?
BLA ザワ
GATANG...
...
AKi...?
... AVEC TOi...
... EN ÉTÉ, AU PRINTEMPS, EN AUTOMNE ET EN HiVER.

UN MOIS D'AOÛT AUX COULEURS DES QUATRE SAISONS – FIN

Bonus

Shirayuki

Elle est née au fond des montagnes du royaume de Tanbarun. Depuis son plus jeune âge, elle étudie les plantes médicinales, et c'est cette voie qu'elle continue de suivre. Elle est née avec des cheveux rouges, ce qui lui a valu de connaître diverses expériences, bonnes ou mauvaises, grâce à quoi elle n'est pas de nature timide. Elle a un an de moins que Zen.

Zen

Tout en se perfectionnant dans l'art de s'esquiver du palais, ce prince aime aussi déambuler dans ses couloirs. Par nature, il supporte difficilement de rester immobile à ne rien faire. Il est parfois un peu embarrassé d'avoir dirigé son épée sur Shirayuki au cours de leur première rencontre.

Kiki

Elle appartient à la garde royale et est la seule femme qui manie l'épée. De ce fait, et parce que le maniement de l'épée n'est pas une discipline basée sur la force, elle jouit d'une grande popularité auprès d'une partie des soldats. Elle est gauchère.

Mitsuhide

Il est plus âgé que Zen et Kiki, et, pourtant, ce sont toujours ces derniers qui le taquinent. Il est arrivé au palais avant Kiki. Il s'entend bien avec Shirayuki.

Raji
Rien n'indique qu'il ait décidé de modifier son comportement. Il vit comme avant dans son pays. Mais il paraît que, parfois, quand il voit quelque chose de rouge, il devient soudain très calme.

Mihaya
Il est le troisième garçon d'un marquis. Il reste sagement emprisonné.

Marquis Harka
Tout en gardant ses distances, chaque fois qu'il vient au palais, il se soucie de la situation du prince Zen.

Un prétendu suivant du prince Zen
Il a laissé passer l'occasion de se nommer dans le chapitre où il intervient... On ignore donc son nom et qui il est... Il a été capturé, et est aux arrêts au palais.

Garaku, la pharmacienne en chef
Tout en étant quelqu'un de connu pour, entre autres, publier des livres traitant de la pharmacie, elle est aussi espiègle dès qu'elle en a l'occasion. La personne derrière elle ne doit pas avoir la vie facile...

PRÊT ?
EUH...
EUH ?
QUELLE IMPOLITESSE, PRINCE RAJI ! JE SUIS ZEN, LE DEUXIÈME PRINCE DU ROYAUME DE CLARINESS !
EUH !?
ATTENDS ! QU'EST-CE QUE C'EST QUE CES MANIÈRES ?
TU NE VISES TOUT DE MÊME PAS LA POMME QUI EST SUR MA TÊTE...?
KRII
JE SAIS !!
OÙ EST MON PROCHE CONSEILLER...?
TOUT VA BIEN ! JE MONTE LA GARDE !
TCHAK
PUISQUE TU ES LÀ, ARRÊTE-LE, VOYONS !
MAIS IL S'AGIT D'UN PRINCE !
MOI AUSSI, JE SUIS UN PRINCE !
3...
2...
ATT...
1...
KRII
PRINCE RAJI ! ATTENTION ! C'EST DANGEREUX !!
SHTAKK
HII !!
TCHIK
...
C'ÉTAIT UN RÊVE...
Haa
Haa
RAJI, PREMIER PRINCE DU ROYAUME DE TANBARUN.
L'HOMME QUI PAIE DISCRÈTEMENT POUR SON CRIME D'AVOIR EMPOISONNE DES POMMES...

Mon responsable ;
Tous les membres de
la rédaction de LaLa ;

Ma mère, ma sœur aînée,
mon père ; Hiroko ;

H.S., K.Y., T.Y. ;

Les lecteurs ; Et toutes
les personnes qui m'ont aidée,

Merci de toujours me soutenir !

Sorata Akiduki

SHIRAYUKI

aux cheveux rouges

Cat Street
Yoko Kamio
神尾葉子
Cat Street
Yoko Kamio
神尾葉子
8
version française
kana
Une revanche sur la vie
Keito ne va plus à l'école depuis ses neuf ans. Sa vie d'enfant star a basculé lorsqu'elle a été trahie par sa meilleure amie. Mais tout redémarre lorsqu'elle entre dans une école très spéciale : « El Liston ». Arrivera-t-elle à retrouver le goût de vivre ?

JARDIN SECRET
AMMITSU
QUAND LE LANGAGE DES FLEURS DEVIENT CELUI DU CŒUR !
AMMITSU
9
餡蜜
kana
JARDIN SECRET
Série en cours, 9 tomes disponibles.
kana
www.kana.fr

FUJITA ふじた
OTAKU OTAKU
Le guide officiel de l'otaku amoureux.
10 tomes disponibles
BIG kana
www.kana.fr

Ce manga est publié dans son sens
de lecture originale, de droite à gauche.

Ici, vous êtes donc à la fin.

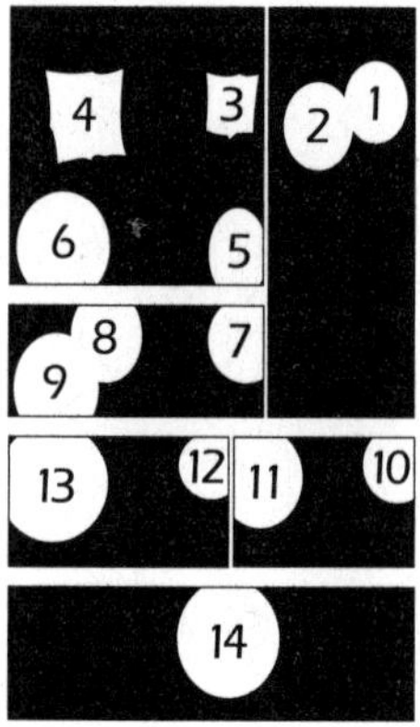

AKAGAMI NO SHIRAYUKI HIME by Sorata Akiduki

First published in Japan in 2007 by HAKUSENSHA, INC., Tokyo.
French language translation rights arranged with HAKUSENSHA, INC., Tokyo
through Tuttle-Mori Agency Inc., Tokyo.

7, avenue P-H Spaak - 1060 Bruxelles
4e édition

Achevé d'imprimer en septembre 2021 • Dépôt légal : janvier 2012
d/2012/0086/9 • ISBN 978-2-5050-1083-8

Traduit et adapté en français par Pascale Simon
Conception graphique : Cynthia Thiéry
Adaptation graphique : Éric Montésinos

Imprimé et relié en France par JOUVE-PRINT
Rue Saint Léonard 733, 53100 Mayenne